河海草木情

（第二版）

纪玲妹 著

河海大学出版社
HOHAI UNIVERSITY PRESS
·南京·

图书在版编目（CIP）数据

河海草木情 / 纪玲妹著 . -- 2 版 . -- 南京 : 河海大学出版社 , 2022.6
ISBN 978-7-5630-7531-7

Ⅰ . ①河… Ⅱ . ①纪… Ⅲ . ①散文集－中国－当代
Ⅳ . ① I267

中国版本图书馆 CIP 数据核字（2022）第 088482 号

书　　名 河海草木情（第二版）
HEHAI CAOMU QING（DI-ER BAN）
书　　号 ISBN 978-7-5630-7531-7
责任编辑 蒋艳红　卢蓓蓓
责任校对 杨　曦　沈　倩
装帧设计 有品堂_刘　俊　施　惠
封面摄影 吴蕴惠
出版发行 河海大学出版社
地　　址 南京市西康路 1 号（邮编：210098）
电　　话 （025）83737852（总编室）
（025）83722833（营销部）
经　　销 江苏省新华发行集团有限公司
排　　版 南京布克文化发展有限公司
印　　刷 南京工大印务有限公司
开　　本 718 毫米 ×1000 毫米　1/16
印　　张 19.75
字　　数 295 千字
版　　次 2022 年 6 月第 2 版
印　　次 2022 年 6 月第 1 次印刷
定　　价 88.00 元

序

陈书录

戊戌年七月的一天中午，骄阳似火。我们民歌田野调查组的几位师生来到句容乡村采风，大家聚集在树荫下纳凉的时候，忽然发现纪玲妹教授不见了。往远处一看，只见她头戴遮阳帽，身挎照相机，一会儿冲上高坡，一会儿跑向山坳，用镜头敏锐地捕捉花花草草，拍下一张张生机勃勃的花草照片。此时此景，同行的一位博士引用两句古诗说："近日西泠夸柳隐，桃花得气美人中。"此时不仅是人面鲜花相映红，而且摄影者使"鲜花得气"，人的生命精气与自然融为一体，形成一种独特的艺术魅力。

我们那天亲眼所见的一幕，只是纪玲妹教授热爱花草树木的一个缩影。在过去的一年多时间里，无论是春花灼灼、夏木阴阴，还是秋叶离离、冬卉萋萋之时，她在教学与科研之余，以"河海草木"之名，在微信朋友圈分享校园植物，从梅花始，到蜡梅终，共计 246 种。如今结集出版，繁花似锦，图文并茂，诗情画意，美不胜收。

花草写作与摄影是拓展人与自然和谐关系的一条重要的审美途

径，这主要表现为花草等自然之景与人（包括创作者与欣赏者）的情感相互交融。清代郑板桥《满江红·思家》词中写道："我梦扬州，便想到扬州梦我。"又有南宋辛弃疾《贺新郎》词中句："我见青山多妩媚，料青山见我应如是。"一是写梦境，一是写醒境，有异曲同工之妙，都是人与自然交融的点睛之笔。晋代陶渊明《饮酒》诗中"采菊东篱下，悠然见南山"，其中蕴藏人与自然（包括菊花）相互交融、悠然自得的天趣。还有清代宋荦的《即事》诗："雨过山光翠且重，一轮新月挂长松。吏人散尽家僮睡，坐听寒溪古寺钟。"雨后山色，松梢新月，如此良辰美景，能否成为赏心乐事呢？君不见，诗中所写的吏人已各自归去，家童也呼呼酣睡，可见大自然无私的怀抱本来向所有的人敞开，但只有热爱自然的人才懂得欣赏它、享受它。纪玲妹教授草木抒写的实践说明：只有热爱自然的人（包括创作者与欣赏者）才能欣赏它、享受它，以文学、摄影艺术来传神写照，解得其中三昧。

从草木的分享到《河海草木情》的出版，有利于将个体的人（创作者）与自然和谐的状态上升到群体的人（作品受众）与自然和谐的状态。古人往往诗中有画，例如，清代王渔洋的《真州绝句》："江干多是钓人居，柳陌菱塘一带疏。好是日斜风定后，半江红树卖鲈鱼。"这首诗写江边"半江红树"等景物和渔家的生活，笔调清淡，明丽如画。一、二句以轻松、清新之笔，描绘了江岸渔家周围的景象；三、四句写黄昏时分，在晚霞的映照下，江岸充满宁静和谐的气氛。三、四句是数百年来传诵的佳句，选择“日斜风定后”的瞬间，将“半江红树”的美景与“卖鲈鱼”的叫卖声交织成一幅江岸渔村暮景的有声画，令人陶醉又情韵淡远。显然，读者通过“诗中之画”与诗人王渔洋有心灵上的沟通：将发现自然与寻找自我相结合，将再现客观美景与抒写主观上神往和谐社会的理想相结合。

人与自然的和谐，与中国传统文化中“天人合一”的思想紧密相关。老子说：“道生一，一生二，二生三，三生万物。万物负阴而抱阳，冲气以为和。”（《道德经》四十二章）在老子心目中，“道”是独一无偶的，独一无偶的“道”禀赋阴阳二气，阴阳二气相交而成一种和谐的状态，万物都在这种状态中产生。万物背阴而向阳，阴阳二气相互激荡而成为新的和谐体。在中国文化史上率先明确“天人合一”四字命题的是北宋时期的张载，他在《正蒙·乾称》中指出：“因明致诚，因诚致明，故天人合一。”又在其著名的《西铭》中说：“民，吾同胞；物，吾与也。”老百姓都是自己的同胞兄弟，万物都是自己的朋友。这就是肯定人是自然界的一部分，人与自然是统一的，人与自然应该是和谐的。中国传统文化中“天人合一”的思想，强调人与自然、人与社会的和谐，这与西方文化有很大的区别。西方基督教认为上帝造万物，上帝是唯一、绝对的，全知全能的，上帝是万物的主宰；而中国的儒家与道家认为万物不是绝对的、唯一的、全知全能的上帝创造的，而是由天地男女，由多种因素融合成和谐的状态而产生的。无论是世界观，还是思维方式、行为方式上，中国传统文化中多追求人与自然、人与社会的和谐。人们常说“一滴水中见太阳”“半瓣花上说人情”。《河海草木情》虽然是一本描写校园花草树木的作品，但其中蕴藏着丰富的“人与自然和谐”等文化内涵，不仅有利于人们日常生活的审美化，而且有利于弘扬中国优秀的传统文化，推动和谐校园、和谐社会的建设。

前言

一场突如其来的疫情，使原本快速运转的社会突然慢了下来，安静了下来。虽说冬天终将过去，春天定会如期而至，但毕竟有很多人永远留在了那个冬天。这场疫情留给我们的，更多的应该是反思，应该要长记性。如果没有反思，不长记性，那真是无药可治，而且可能会有更严重的下一次。我认为首先应该反思的，是我们对待自然的态度。我们应该看到，有时候起决定作用的，不完全取决于我们做了什么，还取决于我们拒绝去做什么！病毒消失后又卷土重来，大自然也不是我们可以战胜的对象。自然中的植物、动物，和人类一样，都是地球的公民，谁也不比谁更高级。

然而，在人类中心主义的理念下，人类凌驾于所有生灵之上，一切以人类的利益为出发点和归宿，很多人也觉得理所应当。但与此同时，人类社会面临的环境、生态、资源问题日益突出。所幸构建人类命运共同体、保护地球家园成为时代最强音，习近平总书记在联合国生物多样性峰会上强调："生物多样性关系人类福祉，是人类赖以生存和发展的重要基础。"爱护生态，保护地球，保护生物多样性，一言以蔽之，就是要热爱大自然，与自然和谐共处。要做到这点，凭的是什么？如果对自然一无所知，热爱就只是一句空话。我们需要了解大自然，体验大自然，认识自然界具体的东西，哪怕只是一小部分：一朵花、一株草、一棵树。通过体验，培养与自然的情感、热爱自然的情怀！梭罗说：野地里蕴含着这个世界的救赎。

我国古代有很好的博物学传统，许多知识分子都有博物情怀，流传下来的文字中包含了植物、动物、地质等知识。我国古代除专门记载植物的花谱、植物种植学著作、《本草纲目》、《植物名实图考》等外，《论语》《庄子》《山海经》《水经注》《尔雅》《史记》《博物志》《徐霞客游记》《闲情偶寄》等，甚至蒙学读物《幼学琼林》中，都有许多植物学的知识。文学作品中更是如此，我国最早的诗歌总集《诗经》，三百零五篇中涉及的植物有一百四十八种。孔子说：“小子何莫学夫诗？诗，可以兴，可以观，可以群，可以怨。迩之事父，远之事君，多识于鸟兽草木之名。”《诗经》中提到的植物，大多数就在我们身边，我们校园里就有几十种，只是多数人不知道而已。《楚辞》更是把植物当作很重要的写作元素，开启了“香草美人”的比兴传统，所以，不识草木之名，就读不懂《诗经》《楚辞》。还有如唐诗、宋词、元曲、明清小说等中，也涉及大量的植物，《牡丹亭》仅游园惊梦片断，就涉及植物九种，小说《红楼梦》的大观园里有七十多种植物，就连《金瓶梅》中西门庆的园子里都有四十多种植物。《西游记》更是植物的宝库，连妖精住的山洞口都是“奇花瑶草馨香，红杏碧桃艳丽”，崖前古树，门外苍松。第八十六回中，孙悟空打死妖怪，救出师傅和樵子，为民除害，樵子做了一桌野菜酬谢，足足有三十八种野菜，加上前面说他们没有的“香蕈、蘑菰、川椒、大料”，三百余字里，提到的植物就有四十几种。文学作品中的植物不仅丰富，并且有一定的象征意义。《红楼梦》以花喻人，十二金钗都有对应的花卉。不仅是中国文学如此，日本《万叶集》写到一百六十多种植物。所以，不认识植物，就不能很好地理解诗词歌赋。

现在的学生与大自然接触的机会越来越少，应该让学生有更多的时间回归大自然的怀抱，在草地上奔跑，在树林里探险。高校也应该开设一些博物学课程，目的在于提高学生的基本素质，使他们了解大自然，热爱与理解生命及其多样性，从而在他们年轻时就给他们注入现代的科学与人文精神，把他们培养成人格健全的人，适应大自然的人。康德曾经说过，对自然美抱有直接的兴趣，永远是心地善良的标志。

万物有灵，万物有时，花儿只有在属于它的时间绽放，才能呈现出最美的一面。俗话说："花木管时令，鸟鸣报农时。"花草树木的变化，萌芽、开花、结果、叶黄、叶落，都与气候息息相关，人们把这种大自然的节律叫作物候，古代有"二十四番花信风"之说。现在四季感淡化，打破了自然界的规律，归根到底，是因为人无穷的欲望吧。植物与人类休戚与共，每一种植物都有它独特的个性，每一种生命都值得尊重。

植物的世界丰富多彩，生动有趣。野地里的花草，朴实自然，就像生活中本色素颜的女子，不事妆饰，却安安静静，淡定从容，浑身上下散发平和娴静之美。植物也不会因为风雨大了点就停止生长，深谷幽兰，不以无人而不芳，有的花儿，虽然低至尘埃，却依旧能怒放生命。

从草木那里，我们可以得到许多启示，可以感悟人生。植物有时候可以给人以希望和勇气，给我们的心灵以抚慰和治愈。而且，欣赏草木的美，只需要你放慢脚步，或低下你的头，用眼去看，用心去感受。草木带给我们生活的好处和诗意，我只能说，没有接近过它们的人，不知道自己错过了怎样的美好。有些人，也许只陪你走过一程；而植物，你不负它，它定不负你，它会不离不弃，陪你走过一生，陪你到地老天荒。爱你身边的花草树木吧，总有一朵花，一株草，穿越时空，只为与你相遇。它们偷偷地爱着你，只是你不知道而已！所以“不如怜取眼前花”！

人生一世，草木一秋，人生如草木，草木亦如人生，不同的是，草木的四季可以轮回，花落了，还能等待下一个春天，但人生的四季只有一次，不能重来。所以，请珍惜每一朵花吧，因为你的生命中，不会有同一朵，也不会有同一种赏花的心情，也请更加珍惜陪你一起赏花的人吧，因为时光流逝，一生一回，此去经年，同样的场景，同样的心情，同一个人，皆成往事，永不重来。唯有珍惜当下，珍惜每一段人生的过往，珍惜你生命中的每一个人，就像珍惜每一朵花、每一棵草，才是对生命最好的敬畏和回馈。

“一枝一叶总关情”，大学生们在校园里与草木相伴，感受春日迟迟，卉木萋萋，看草长莺飞，花开花落，等你们若干年后再回到母校，其他事物也许依旧，也许消亡，只有草木与你一同成长，就像诗仙李白所说的，“别来能几日，草木长数尺”。在你的大学记忆里，除了某些人，肯定也会有校园中的某些花、某些树，共同构成“河海情”“校园情”！

希望读者朋友在这本书里，遇见最美的植物、最美的校园，也遇见最美的时光、最美的你。

本书得以顺利出版，要感谢河海大学党委宣传部、河海大学出版社等单位的大力支持，对为本书提供照片的彭国平、刘顺、秦卫明、尹建兰、刘明霞、曹继平、华明亚、吴蕴惠、王春燕等老师，表示衷心感谢！

目录

春花灼灼

夏木阴阴

秋叶离离

冬卉萋萋

春花灼灼

梅花

君子之花凌寒开

梅花，独步早春，开百花之先，最早给我们带来春天的气息。古人的“二十四番花信风”中，梅花排第一。寒假过后，校园的梅花往往在新学期给我们带来惊喜。

梅花在中国传统文化中的地位很高，位于中国十大名花之首，与兰花、竹子、菊花一起位列“花中四君子”，与松、竹并称为“岁寒三友”。梅花傲雪开放，寓意高洁、坚韧。

梅，蔷薇科植物，在我国历史悠久，3000多年前就有记载。《诗经·召南》云：“摽有梅，其实七兮！”在《秦风·终南》《陈风·墓门》《曹风·鸤鸠》等篇中，也都写到梅。《尚书·说命下》有：“若作和羹，尔惟盐梅。”这里的“梅”是指醋，一种调味品。但那个时候人们也开始欣赏梅花了，《诗经》中有“山有嘉卉，侯栗侯梅”的描述，人们称梅为“嘉卉”，已反映对梅花的欣赏态度。

梅花的诗词非常多，最为大家熟知的恐怕是王安石的《梅花》：

墙角数枝梅，凌寒独自开。

遥知不是雪，为有暗香来。

王安石以朴素的语言写出梅花的品性。他写的是白梅，宋代卢梅坡的“梅须逊雪三分白，雪却输梅一段香”，同样也写出白梅的洁白

幽香。卢梅坡，单从这个名字就知道一定是个爱梅之人。

梅花，有时是对故乡的思念，是乡愁的寄托。王维的《杂诗》：

君自故乡来，应知故乡事。

来日绮窗前，寒梅著花未？

短短 20 个字，写尽对家乡及亲人的思念和牵挂。

我想，世上最爱梅花的莫过于宋代的林逋了，“梅妻鹤子”，以梅花为终身情感、灵魂的伴侣，他的“疏影横斜水清浅，暗香浮动月黄昏”两句，被誉为千古咏梅绝唱。梅以疏为贵，现在有一种梅树，枝条整齐向上，密密匝匝地开满了花，虽热闹繁华，却少了清幽空灵的感觉。宋代还有一位爱梅之人，是陆游，他看到漫山遍野梅花怒放，只恨自己分身乏术，恨不得每一棵梅树下都坐着一个静静赏梅的陆放翁，写下了著名的“何方可化身千亿，一树梅花一放翁”，这奇妙之笔，将他对梅花的痴迷之情淋漓尽致地表现出来。晚清名将彭玉麟，爱梅成癖，一生画了万幅梅花图，以寄托对梅姑的怀念。他画的梅花被曾国藩称为“兵家梅花”。

有两首《卜算子·咏梅》想必大家都知道的，一首是陆游的，一首是毛泽东的。陆游的《卜算子·咏梅》是我最喜欢的词作之一，词云：

驿外断桥边，寂寞开无主。已是黄昏独自愁，更著风和雨。无意苦争春，一任群芳妒。零落成泥碾作尘，只有香如故。

毛泽东的《卜算子·咏梅》：

风雨送春归，飞雪迎春到。已是悬崖百丈冰，犹有花枝俏。俏也不争春，只把春来报。待到山花烂漫时，她在丛中笑。

陆游的梅花是孤芳自赏的，而伟人毛泽东则反用其意，意境风格截然不同。

其实，还有一个人也写过《卜算子》，他就是中国共产党早期的主要领导人之一、常州人瞿秋白。词云：

寂寞此人间，且喜身无主。眼底云烟过尽时，正我逍遥处。花落知春残，一任风和雨。信是明年春再来，应有香如故。

这首词是1935年瞿秋白在福建长汀监狱所写，可以说是他的绝唱。其实他被囚禁其中的小院角落只有一株石榴，并无梅花，但这首词一看就知是由陆游的《卜算子·咏梅》化出，因此，我们还是可以把秋白先生的《卜算子》当作咏梅诗词来品味。他的《卜算子》与其遗文《多余的话》是相通的，他的骨子里还是文人。

梅花在1000多年前传到日本，深受日本人的喜爱。《万叶集》中写到梅花的诗有104首，甚至超过樱花。日本也有一位像林逋一样的爱梅者，他是平安时代公卿、学者菅原道真，他长于汉诗，被日本人尊称为“学问之神”。他爱梅成痴，在平安京府邸种满了梅树。相传他被流放后，他所种的梅树也跟着他飞到了九州，这就是“飞梅”的千古佳话。不过最初传入日本的是梅子，蒸制过的梅子——乌梅，是入药用的。日本人爱吃梅子，将梅子做成梅干，做梅干的副产品是“梅醋”，它像盐一样是日本人不可或缺的调味品。

西康路校区学生一舍往图书馆去的山坡台阶边，有几树梅花，常州校区师泽亭附近、若水广场东，江宁校区致高楼B区北面等处，都有很多梅花。校园中的梅花有朱砂、绿萼、江梅等品种。放慢你的脚步，请欣赏，别辜负超凡脱俗的梅花！

迎春花

一抹亮色迎来春

在万物刚刚萌动，色彩比较单调的早春，以一抹亮色带来春的消息，让人心情也顿时明朗起来的，就是迎春花了。

迎春花枝条细长，若栽种在高处，枝条如瀑布般下垂，密密地缀满明黄色的小花，清新亮丽，朴素秀美。迎春花对环境要求不高，比较大众化，湖边溪头、坡地林下、家前屋后，都能见到它，春天一片金黄，夏天枝茎茂盛，秋冬落叶后露出枝条整齐下垂。《红楼梦》中的二小姐名唤迎春，性格孤僻，低调不张扬，倒有些像冒着早春的寒意，开在低低的枝条上的迎春花。

校园里的迎春花大多是同属植物云南黄馨这个品种，云南黄馨也叫野迎春。一般的迎春花花朵较小，单瓣，花筒较长，云南黄馨花朵较大，重瓣，花筒较短；一般迎春先花后叶，云南黄馨常绿，开花时有绿叶。

入春以来，黄色的花还真不少呢。与迎春花相近，让有些人傻傻分不清的，是连翘和金钟花。虽然它们都是早春开花，花的颜色都是艳丽的明黄色，但枝条和花形还是有区别的。单瓣迎春花瓣多为 6 瓣，叶小；金钟花、连翘花瓣为 4 瓣，叶大。

金钟花先开花后长叶，花有时一朵，有时两三朵或三四朵长在一起，为明亮的黄色。金钟花俗名土连翘，也是药材，与连翘一样，具有清热解毒治感冒的功效。迎春与连翘、金钟花的区别还稍微明显一点，而金钟花与连翘则很难分辨了，我以前也一直搞不清，直到请教了园林局的一位专家朋友才搞清楚。要区别金钟和连翘，最准确的方法是折枝撕开枝条看髓心，枝条髓心有膜片的为金钟，枝条髓心中空的则为连翘。为了搞清楚，我还进行了一次破坏性实验考证。常州校区小河边的，除了少数迎春花，大多是金钟花。江宁校区东操场西、东湖边、廉池边都有迎春及金钟花。春天看到山坡上黄花儿开了，小河边一丛丛黄花倒映在水面，哪些是迎春花，哪些是金钟花，你自己去认一认吧。

樱花

早春最爱醉花樱

樱花无疑是早春最有魅力的花了，盛开时节满树烂漫，如云似霞，极为壮观，落樱纷纷如飞雪，浪漫而忧伤。盛开，便不顾一切，绚烂至极；凋零，便义无反顾，洒脱干脆。难怪日本人一见樱花便止不住心动，也最懂那份风雅。樱花盛开时便是日本一年中最盛大的节日，他们甚至会追着樱花开放的节奏赏樱。

春天，粉色的花特别多，有些人桃花、杏花、李花、海棠、樱花傻傻分不清。其实掌握了樱花的一个明显的特点，就一定能将樱花认出来，那就是樱花花瓣顶端有缺刻，也就是花瓣顶端有个缺口。

樱花的品种很多，有吉野樱、大岛樱、寒绯樱、八重樱等，如果分不清这些，就按开花早晚分早樱、晚樱好了。早樱、晚樱河海校园里都有，早樱大多是东京樱花，早春开花，花呈淡粉红色或白色，大片栽植，形成壮观的“花海”。晚樱的品种是关山樱，4 月中旬开花，花期 10 天至半月，重瓣，花朵较大，花色较红，树形姿态优美，满树花枝，极其美观。

附近也有许多赏樱的佳处，遗憾的是总是人满为患，我也曾去无锡拍过樱花，湖面落了一层樱花花瓣，让人惊叹其美丽的同时又无比伤感，真是“落花流水春去也”。唐代白居易、李商隐、元稹等都写过关于樱花的诗，日本最著名的俳句诗人松尾芭蕉写过一首俳句："树下肉丝菜汤上，飘落樱花瓣。"这是现实与浪漫多么完美的结合啊。

武汉大学的樱花大道全国有名，河海大学的樱花也不少。西康路校区学生城食堂边上有好些晚樱，江宁校区叠翠山上，致高楼、致远楼西侧，勤学楼旁，学生宿舍楼前也有樱花绚烂。常州校区有片樱花林，是早春时节师生们的最爱。其取名"醉花樱"，与词牌名"醉花阴"谐音；盖樱花盛开之灿烂，凋零之悲壮，皆令人心醉；亦让人联想到红颜之易老，生命之短暂，更应珍惜，有时不妨只为花前求一醉。正如明代才子唐寅（唐伯虎）诗《花下酌酒歌》云："枝上花开能几

醉花

日，世上人生能几何……人生不向花前醉，花笑人生也是呆。”

常州校区从北门到为学楼那条路，原来是一条樱花大道，春天樱花盛开灿若云霞，风一吹如雪片般飘落，一夜风雨过后，路上落满花瓣，是让人心碎的凄美，真是“世间好物不坚牢，彩云易散琉璃脆”。对于樱花大道的消失我至今都耿耿于怀，甚觉遗憾。原道旁的那些樱花树因路拓宽被迁至师泽亭那边，现在仅剩两棵。

玉兰

高高枝头一树花

万物萌动的早春，光秃秃的枝丫先是冒出一个个褐色的毛茸茸的花苞，笔尖似的花苞越长越大，接着，一树洁白的花朵绽放了，因为没有一片绿叶，满树白花特别耀眼夺目，像一盏盏明灯，还透着阵阵的幽香，这便是白玉兰。玉兰为木兰科玉兰亚属落叶乔木，又名木兰，

别名望春花、木笔花，是名贵的庭院观赏花木。同属植物还有紫玉兰、红玉兰、黄玉兰等多种，白玉兰和紫玉兰的杂交品种叫二乔玉兰。紫玉兰也名辛夷。白玉兰是上海市的市花。校园里的白玉兰、紫玉兰，多处都有栽种。

玉兰栽种历史悠久，远在春秋时期就已种植，伟大诗人屈原的《离骚》中就有“朝饮木兰之坠露兮，夕餐秋菊之落英”，以玉兰比喻高洁的人格。《九歌》《九章》《九怀》《九叹》等中都写到辛夷，如“露申辛夷，死林薄兮。”（《九章·涉江》）

玉兰花朵大而香，花型俏丽，一树花在高高的枝头迎风摇曳，靓丽惊艳，白玉兰清新，紫玉兰浓烈，在大多数花儿还没有开放的早春，着实是占尽先机，饱受宠爱。但玉兰最忌雨水，一树好花，如遇一场雨，洁白的花瓣都变了颜色。玉兰是先花后叶，当花落后长出一树绿叶，立刻沦为路人，有些人就不认识它了，但等到它凹凸不平奇奇怪怪的果子长出来后，人们又会问：“这是什么？”这是玉兰的蓇葖果。

当授粉不均匀，有些心皮没有正常发育时，某些果实就会出现奇怪的形状。过一段时间，果实便会开裂，露出鲜艳的红色种子。

辛夷、玉兰花蕾也是中草药，具有较高的药用价值，现在的玉兰主要用于观赏。

玉兰花瓣还可食用，维生素含量丰富，肉质较厚，又有清香。清代《花镜》云："其（花）瓣择洗清洁，拖面麻油煎食极佳，或蜜浸亦可。"可用玉兰花调和面粉，用油煎炸，做成玉兰饼，也可加入米粉上锅蒸制，做成玉兰花蒸糕，还可做玉兰花米粥。玉兰树长得都比较高大，够不着，否则肯定会有"吃货"们想试一试。

玉兰很早就入诗入画，明代著名画家沈周、明代四大才子之一的文徵明等都有题玉兰的诗，清代著名诗人查慎行有《雪中玉兰花盛开》，诗云："阆苑移根巧耐寒，此花端合雪中看。羽衣仙女纷纷下，齐戴华阳玉道冠。"

有两种花不要和白玉兰搞混，上海、苏州等地街头经常看到老婆婆叫卖的，由两朵小小的白花串在一起，剑样的花瓣，特别香，这是白兰花；还有初夏在一树深绿色叶子中间开出大大的荷花状的白花，这是广玉兰，也叫荷花玉兰。

杏花

春雨江南繁花娇

提起杏花，我脑子里立马蹦出来“春日游，杏花插满头”的句子，还有“小楼一夜听春雨，深巷明朝卖杏花”“借问酒家何处有，牧童遥指杏花村”“沾衣欲湿杏花雨，吹面不寒杨柳风”等，我还特别喜欢“杏花疏影里，吹笛到天明”的意境。“杏花春雨江南”，杏花几乎是春天的象征、江南的化身。然而杏花并非江南才有，在我国大江南北都有栽种，诗中的杏花村、新疆的杏花林都特别吸引人。

杏花是中国古老的花树，是十二月花神之二月花。杏花开放时繁花满枝，可谓花团锦簇，热热闹闹。

春天是蔷薇科植物的天下，有人可能觉得这些花都长得差不多，其实它们是各有特点的。杏花与其它类似的花最明显的区别在于，杏花的花萼是红色的，而且反卷，花梗较短。还有，杏花在含苞时为红色，盛开后颜色转淡，落花时已呈白色，花谢宛如飘雪。宋代杨万里细致地观察到这一特点，有诗云：“道白非真白，言红不若红。请君红白外，别眼看天工。”一树杏花开放，粉粉白白，娇艳欲滴。

按理说，杏花属蔷薇科，是五瓣花，花的颜色只见到过粉白色，但传说中有五色的六瓣杏花。《西京杂记》中记载，东海都尉于台献给汉武帝一株杏树，花开五色，六出，云仙人所食。《述异记》中也

说，天台山中有五色杏花，六瓣，叫仙人杏，一个杏核内有两个杏仁。这些只见于文献记载，不知真假，既然是仙人的东西，我等凡夫俗子，想来是不易见到的。

杏花好看，杏子也好吃，杏仁有甜有苦，苦杏仁可作为药用。突然想到马尔克斯的《霍乱时期的爱情》，有一个很棒的开头："不可避免，苦杏仁的气味总是让他想起爱情受阻后的命运。"李渔还把杏树称为"风流树"，他说如果杏树不结果子，"以处子常系之裙系树上，便结子累累。予初不信，而试之果然"。虽然他言之凿凿说他试过且很灵验，但我还是觉得此说法实在是很荒谬。

孔子曾讲学杏坛，所以后来用杏坛代指教育。另外，杏林代指医学界，这里也有一个故事。相传三国时有个名医叫董奉，为人看病不收费，病人病好后只需在他院中栽种杏树作为回报，若干年后他院中杏树成林，他又用杏子换取粮食救济贫苦的人。后来医生也自称"杏林中人"。

高校怎能没有杏花呢？河海大学常州校区大礼堂东有个"杏花春雨"小景，杏树枝干苍劲，杏花繁密娇艳。

紫叶李

紫红树叶醒人目

有些树，观赏者如果经验不足的话，要等到开花才能分辨出是什么树，但紫叶李除外，不须走近细看，大老远一眼就能认出它来，因为其他树无花时都是绿绿的，紫叶李则一树紫红。顾名思义，它是紫色叶子的李树，也叫红叶李。

紫叶李分布于亚洲西南部，中国南方地区也广泛种植，是著名观叶树种，树叶常年紫红，在一片绿色中，特别醒目亮丽，大大丰富了

园林的色彩。

紫叶李也是蔷薇科的，5 个花瓣，颜色是浅浅的粉色，有淡淡的花香，花朵像桃花但色浅，似樱花而花瓣无缺刻。普通李花是白色的，往往密密地缀满枝头，而紫叶李的花则为粉色，没有那么密集，不以气势而以秀丽见长。也许，在姹紫嫣红的春天，它的花并没有太大的优势，但是老天也是公平的，给了它一树与众不同的紫色树叶。

紫叶李有的结果，有的不结果。它的果实当然也是李子，颜色是比叶子还要深的紫红色，比普通李子小，成熟后可以吃，酸酸甜甜的，口感不错。不过公园里或绿化带上的紫叶李果子最好不要采来吃，因为有可能喷洒过农药。南京西康路校区工程馆边有几棵紫叶李，开花时非常漂亮，一树粉色，配合后面的小楼，美极了。还有水利馆前、河海馆前，江宁校区致高楼 A 区西侧入口、致远楼庭院等处，常州校区图书馆前、厚德楼边等，都能欣赏到紫叶李。

桃花

明艳动人笑春风

不认识桃花的人也许不多，桃花是春天里最普通也最有代表性的花了，虽然我一直觉得桃花未免俗艳，但如果没有桃花，那还叫春天吗?

江南的桃，一般分果桃和观赏桃两类。江南人家喜欢种桃树，春天里你只要走出都市，就会看到一树树盛开的桃花。常州、无锡等地盛产水蜜桃，随处可见一片片的桃林，我公婆家门口就有一片桃林，近百亩，每到春天，仿佛置身粉红色的梦境。虽然这些都是果桃，主要收获桃子，观赏乃是副产品，也吸引了许多游客，政府还办起了桃花节。观赏桃的种类就特别多了，河海校园里大多是观赏桃，有一种颜色绯红，重瓣，花朵大而密，被称为“红花碧桃”，最为艳丽。清代李渔的《闲情偶寄》中说，最美的桃花是那种未嫁接的，天然生长的桃花，“其色极娇，酷似美人之面，所谓‘桃腮’‘桃靥’者，皆指天然未接之桃，非今时所谓碧桃、绛桃、金桃、银桃之类也。”我极赞同他的说法，以前在乡村篱落之间所见的天然生长的桃花，花开疏落有间，清清秀秀的单瓣，每一朵花都完美无缺，颜色也是极为自然的娇艳，嫁接后的果桃及人工培育的观赏桃真的无法与之相比。常州校区若水广场西、小池塘边就有好几棵这样的桃树。西康路校区水利馆东侧设计院旁边的山坡上有几株桃树，江宁校区东湖边、东操场西小土坡等处，每年春天花开灼灼。

国内也有几个自称是陶渊明笔下的“桃花源”的地方，如湖南常德桃源县、重庆酉阳等。世外桃源是人人心中所向往之地，但也只能是个梦中乌托邦。我曾有过一次难忘之旅，那是去李白笔下的桃花潭。“李白乘舟将欲行，忽闻岸上踏歌声。桃花潭水深千尺，不及汪伦送我情。”据说“桃花潭”当初只是那潭的名字，并无桃花，李白是被一个叫汪伦的农民“骗”去的，但显然他们已结下了深厚的友谊。桃花潭早已是著名的风景名胜，周边当然也已遍植桃花了。我前年还到过电视剧《三生三世十里桃花》的拍摄地——云南普者黑，虽不是桃花盛开的季节，也已觉得到了桃花源，美得不想离开了。

桃花是诗画中的常客。《诗经》中有“桃之夭夭，灼灼其华。之子于归，宜其室家”，将桃花比喻成正当年的美丽姑娘，桃花也成了婚姻、生育的象征。春天有那么多花，古人为什么选择桃花来祝贺女子出嫁呢？明代李时珍的《本草纲目》说：“桃性早花，易植而子繁，故字从木、兆。十亿曰兆，言其多也。或云，从兆，谐声也。”所以

选择桃花，主要还是因为古人看重桃树果实之多，跟今天人们祝贺新婚夫妻“早生贵子”是一个道理。

说到桃花，不说一下“人面桃花”的故事似乎有点遗憾，虽然人们大多熟知。唐代诗人崔护在清明时节出门踏青，遇见一位美丽的姑娘，她的家门口一树桃花开得正盛。第二年崔护又到此处，桃花依然盛开，姑娘家却大门紧闭。诗人在惆怅中写下了家喻户晓的诗句：

去年今日此门中，人面桃花相映红。

人面不知何处去，桃花依旧笑春风。

这故事还没完，后来，据说那位姑娘看到崔护的题诗后相思成疾，即将断气时在崔护的声声呼唤中醒来，成就了一段姻缘。桃花，也象征美貌，但美好的事物总是短暂的，桃花的飘零让人想起时光的易逝。袁枚《题桃树》诗云：“二月春归风雨天，碧桃花下感流年。残红尚有三千树，不及初开一朵鲜。”我怎么在这首诗里读出袁大才子有些轻薄的味道呢？

《红楼梦》里有许多花草植物，作者甚至将金陵十二钗都与花相对应，一般认为芙蓉花象征林黛玉，黛玉抽花签抽到的是芙蓉花，众人说除了她别人也不配。其实桃花在黛玉的生命中出现的次数甚多。她与宝玉偷偷地在桃花树下看《会真记》，她写桃花诗，起桃花社，两次葬花葬的也是桃花。“花谢花飞花满天，红消香断有谁怜……一朝春尽红颜老，花落人亡两不知。”李渔说：“色之极媚者莫过于桃，而寿之极短者亦莫过于

桃，‘红颜薄命’之说，单为此种。”黛玉的命运和桃花一样，美丽而短暂，红颜却薄命。

桃花不仅明艳动人，灿若云霞，还具有丰富的文化内涵，几乎成为民俗文化的符号。桃，象征吉祥，有避邪的作用，传达了桃作为镇邪纳吉之物的原始信仰。你一定听过夸父逐日的故事吧，最早记载在《山海经》，夸父渴死在追赶太阳的路上，他的手杖就化为了一片桃林。桃木在民间的辟邪作用也许与另外一个神话有关：相传桃都山上有大桃树，盘曲三千里，树上有迎接太阳的神鸟金鸡，树下有看守鬼门的神灵，因此桃树处于阴阳之间，法力无边。桃子，又称寿桃，寓意长寿。在传说中，桃是神仙吃的果实，吃了头等大桃，可“与天地同寿，与日月同庚”。你是否想到了王母娘娘的蟠桃宴呢？

当然，你还能想到的也许更多，譬如“桃花运”……

棣棠

艳而不俗黄色花

棣棠，落叶丛生小灌木，花期为 4—5 月，花为鲜艳的明黄色，有单瓣、重瓣之分，单瓣花瓣五枚，像梅花的形状，重瓣花瓣层叠，像个小球。清朝人陈淏子在《花镜》中记载："棣棠花，藤本丛生，叶如荼蘼，多尖而小，边如锯齿。三月开花，金黄色，圆若小球，一叶一蕊，但繁而不香。"陈淏子所说的就是重瓣棣棠，如今棣棠花也是十分常见的，不少城市的路边、公园里都能见到，且重瓣棣棠较多，单瓣倒不常见，其实单瓣的棣棠花才是"正宗"的，而且花形比较秀丽。棣棠花的颜色艳而不俗，并非金黄，也不是杏黄，棣棠花在日本被称为"山吹"，这个特殊的黄色，就被叫作"山吹色"。

一天，我在厚德楼上完课穿过樱花林回办公室，多走了几步，没想到在樱花林东南角意外看到一丛棣棠，还零星开着些花儿，在花房也发现一株，皆为重瓣。

我拍张照片，顺手发在朋友圈，就有朋友留言："是棠棣吧？"知道棠棣的也是有文化之人，《诗经·小雅·棠棣》："棠棣之华，鄂不韡韡，凡今之人，莫如兄弟。"意思是，棠棣花开了，萼片光亮美丽，天下最亲近的，莫过于兄弟。《诗经》中还有"唐棣""常棣"，应是同一种植物。于是从先秦以来，"棠棣"就被用来指代兄

弟情谊。有一次诗人白居易去住店，在墙壁上看到他朋友杨八（杨虞卿）题写的一首梦见兄弟的诗，白居易也写了一首《棣华驿见杨八题梦兄弟诗》：“遥闻旅宿梦兄弟，应为邮亭名棣华。名作棣华来早晚，自题诗后属杨家。”为什么他的朋友晚上会梦见兄弟呢？原来这驿站名为“棣华驿”。郭沫若创作过一个历史剧叫《棠棣之花》，写的是刺客聂政，聂政有个姐姐，并未提到兄弟。

说了半天棠棣，那么“棠棣”是不是就是“棣棠”呢？这还真不好说，“棠棣”到底是什么物种，自古以来就是个难题。

《说文》中解释：“棣，白棣也。”“白棣”，说明这种植物开的是白花，那显然不是开黄花的棣棠。《尔雅注疏》说“棠棣”子如樱桃，像樱桃那样的果实，古时统称为“棠”，所以“常棣”“唐棣”

就成了“棠棣”，这样说来，被叫作“棠棣”是因为其果实，而今天的棣棠也显然没有那样的果实。有人认为“棠棣”是郁李、山楂等开白花的植物，《本草纲目》在“郁李”条目下引了“棠棣之华”。郁李开白花，有被称作为“棠”的果实。

但在唐朝时，诗人们可能分不清“棠棣”和“棣棠”。李商隐有诗云：“棠棣黄花发，忘忧碧叶齐。”诗中的“棠棣”，估计是指开黄花的“棣棠”。沈括在《梦溪笔谈》里说：“常棣字或作棠棣，亦误耳。今小木中却有棣棠，叶似棣，黄花绿茎而无实，人家亭槛中

多种之。”他似乎是说，古时的“常棣”并非今日的“棣棠”，这也说明在宋代肯定有“棣棠”这个名称了。

如果棠棣就是棣棠，那么是不是以重瓣棣棠的花瓣多比喻兄弟多？但重瓣棣棠有一个特点：只开花、不结果，靠扦插繁殖。吴其濬在《植物名实图考》中说“棣棠有花无实”。兄弟再多，不能繁育后代那也是不行的。这样看来，以棣棠喻兄弟并不合适，棣棠多半并非《诗经》中的棠棣，棣棠就是棣棠。

海棠

花中贵妃能解语

海棠花可是“高大上”的花，它艳而不俗，素有“国艳”“花中神仙”“花中贵妃”“解语花”之称。海棠是我国特有的植物，先秦时期就有栽培。古人喜欢在庭园中栽种海棠，除了欣赏海棠的美丽外，还取“玉堂富贵”的寓意。汉武帝深爱此花，司马相如的《上林赋》

中也有它的身影。晋代石崇的金谷园是最奢华的园林了，园中种植了很多海棠，可见园主人对它的喜爱。古人总是遗憾海棠无香，石崇曾对着盛开的海棠不无遗憾地说："汝若能香，当以金屋贮汝。"据说只有蜀中嘉州的海棠有香。其实西府海棠也是有淡淡的香味的。

唐玄宗李隆基就曾将杨玉环比作海棠。唐玄宗召见杨玉环，当高力士扶着醉颜残妆的贵妃出现时，唐玄宗一定是被她特别的娇艳动人之态打动了，笑曰："岂妃子醉，直海棠睡未足耳。""海棠春睡"的故事就这样流传下来了。唐玄宗还将杨玉环比作会说话的海棠花，善解人意，所以海棠又被称作"解语花"。东坡为海棠倾倒，有"只恐夜深花睡去，故烧高烛照红妆"之句。宋代有《海棠记》《海棠谱》等专门研究海棠的书籍。

河海校园里有垂丝海棠、西府海棠、木瓜海棠、贴梗海棠、白海

棠等品种。江宁校区致高楼 B 区北的位置，有多个品种，叠翠山上有大片垂丝海棠，还有木瓜海棠。木瓜海棠在春天也许并不夺目，但秋冬季节，树叶落尽，一树橙黄色的木瓜挂满枝头时，你一定会为它所吸引。木瓜有浓郁的芳香，口味一般，用来闻果香极佳。常州校区文体馆前、西康路校区河海馆前的海棠也开得特别灿烂。

垂丝海棠为伞形花序，花开成簇，有着细细长长的花梗，花朵朝下，似有娇羞之态；西府海棠之“西府”是指陕西宝鸡，西府海棠开花红粉相间，衬着嫩绿的叶子，十分艳丽；贴梗海棠顾名思义，花朵贴着树干，没有长长的花梗；白海棠则是冰清玉洁的白色，也被称作梨花海棠，林黛玉的《咏白海棠》中“偷来梨蕊三分白，借得梅花一缕魂”的诗句，十分传神，我也曾为为学楼西门外一地洁白的白海棠花瓣而神伤过。

此外，还有一种“秋海棠”，就是校园花坛中常见的“四季海棠”，花与叶均娇娇柔柔的，几乎常年开花。相传秋海棠本来不开花，因女子怀人不见，眼泪洒至地上，遂生此花，所以李渔《闲情偶寄》称之为“断肠花”。

梨花
雅俗共赏一株雪

“燕子来时新社，梨花落后清明。”寒食清明节前，一树一树的梨花又开放了。它有春风的神韵、白雪的神情，所以岑参用“忽如一夜春风来，千树万树梨花开”来形容胡天八月的飞雪，真是形象。梨花就是人间的雪，带香味的雪。苏轼有诗云：

梨花淡白柳深青，柳絮飞时花满城。
惆怅东栏一株雪，人生看得几清明。

在欣赏梨花白柳色青的春天美景时，又不免有些青春易逝、人生短暂的惆怅。

梨花是雅俗共赏的花，既接地气，乡野古道、村落庭院，随处可见，又深得文人雅士的喜爱，飘香在唐诗宋词元曲中，诉说一个个故事，纠缠一段段情愫。古人在梨花盛开的时节，还会在花下聚会饮酒，“共饮梨树下，梨花插满头”，现代人哪有那么浪漫啊？有梨花下的欢愉，也有梨花下的忧伤。如清代的纳兰性德，一定是梨花让他想起某位女子及伤心的往事，他诗中的梨花是忧伤的，“一别如斯，落尽梨花月又西”“从此伤春伤别，黄昏只对梨花”。当然还有关于梨花的戏谑，北宋词人张先八十高龄娶十八新娘，“苍苍白发对红妆”，苏轼用“一树梨花压海棠”来打趣他。

老百姓喜欢它，不仅是因为梨花好看，而且梨子也很好吃。常州天宁焦溪的翠冠梨就很有名，肉质细腻无渣，汁水足口感好。春天的梨花海也吸引了远近的赏花人，令他们陶醉其中，流连忘返。现在地方政府每年都举办梨花节，搞得热热闹闹的。

梨花是安安静静的花，文人雅士喜欢它，独爱一枝香雪，正是因为它的素白淡雅。素白的梨花，是冰清玉洁的，这种花魂是不容亵渎的。素白的梨花，是朴素安静的，是淡定从容的，能让人从功利的纷扰中淡出。淡，其实是至味，是大美。

梨花的花蕊初开时带点粉色，淡雅却不失娇柔，尤其下雨天，更是柔美得楚楚动人，白居易在《长恨歌》中用“梨花一枝春带雨”来形容杨贵妃的“玉容寂寞泪阑干”。想必很多人听过《梨花颂》，不由得凄然动容，“梨花开，春带雨，梨花落，春入泥”……

春天是赏梨花的好时节，常州校区桃李峰边、海苑餐厅前，都是赏梨花的好地方。

柳树

摇曳生姿自成景

柳，也称杨柳，适应性强，极易成活。校园中以垂柳居多，江宁校区的东湖边，常州校区的三个小池塘边，杨柳依依，自成美景。

最普通不过的植物，却在许多人心中摇曳生姿。人们在诗词中对柳的频繁吟诵，赋予了它浓浓的文化内涵，柳，成了春天的使者、离别的象征、美人的代称、隐士的化身、飘零的寄托……

“残雪梅中尽，春风柳上归”，杨柳是春的使者，随着柳条的柔软，春的气息已经透露；微风拂过柳枝，传递春天的气息；柳芽一点点绽出，春天的脚步也一步一步走近。杜甫《腊日》诗云：“侵陵雪色还萱草，漏泄春光有柳条。”这形象地告诉我们，最早泄露春天信息的，是柳树。韩愈的《早春》云：“最是一年春好处，绝胜烟柳满皇都。”皇城最美春景，非如烟的柳树莫属。面对满园春景，诗人的眼里只有柳树，只取杨柳描写，表达对春天的爱恋。南宋僧人志南《绝句》中“沾衣欲湿杏花雨，吹面不寒杨柳风”，体现的是微雨打湿衣裳，春风拂过面颊的愉悦，在春风春雨中的人们仿佛也和杨柳一样，在春风里苏醒，在春雨里拔节生长。贺知章的《咏柳》非常著名，可谓妇孺皆知：“碧玉妆成一树高，万条垂下绿丝绦。不知细叶谁裁出，二月春风似剪刀。”有了以上这些诗词，杨柳不成为春天的使者都难。

我国自古有清明插柳、戴柳的习俗，据说这风俗与纪念介子推有关。韩翃的《寒食》诗“春城无处不飞花，寒食东风御柳斜”，描写寒食节折柳的情景。我们小时候清明时节最喜欢做的事，是折一枝柳条，连皮带叶往梢头捋，在梢头形成一个柳球，插在门和窗户上，或者编一个柳条帽儿，戴在头上。当时只是孩子们的游戏，长大后才知道有“清明不戴柳，红颜成皓首”之说，才知道其实“红颜成皓首”是必然，与戴不戴柳也无多大关系。

有杨柳的地方就有离别。古诗词中的杨柳，多与离别联系在一起。《诗经·小雅·采薇》的“昔我往矣，杨柳依依。今我来思，雨雪霏霏”也许是最早将杨柳与离别联系在一起的诗句，可谓以柳诉离别的鼻祖，晋代谢玄认为这是《诗经》中最美的诗句。魏晋南北朝出现《折柳枝》（《折杨柳》《杨柳枝》）的乐府诗。南朝民歌有“柳条折尽花飞尽，借问行人归不归”句。唐诗宋词中柳作为离别意象的诗词就更多了。

“柳”者，“留”也，似要挽留住远离的人。“长安陌上无穷树，唯有垂杨管别离。”（刘禹锡《杨柳枝》）柳色如烟，柳丝细细长长，仿佛离人缱绻的柔情、依依不舍的情丝。唐代雍裕之《江边柳》：“袅袅古堤边，青青一树烟。若为丝不断，留取系郎船。”即将与情郎离别的女子，希望长长软软的柳丝，能将情郎的船牢牢系住，以免遭离别之苦。王维《送元二使安西》：

渭城朝雨浥轻尘，客舍青青柳色新。

劝君更尽一杯酒，西出阳关无故人。

在青青的柳色中送别友人，表达对友人的不舍及希望友人能留下来的心情。李白《劳劳亭》：“天下伤心处，劳劳送客亭。春风知别苦，不遣柳条青。”该诗另辟诗境，别翻新意。李白《忆秦娥》中的“年年柳色，灞陵伤别”使得“灞陵折柳”成为送别诗的典故，直到现在人们提到灞陵，都能感受到淡淡的离愁别绪。王之涣《送别》：“杨柳东风树，青青夹御河。近来攀折苦，应为别离多。”这里将杨柳称作“东风树”，可怜的杨柳，因离别多而被不断攀折。宋代柳永

的一曲“今宵酒醒何处？杨柳岸，晓风残月”，将杨柳与离别的关系写到极致，于是杨柳成了分别的必备道具，成了离别的象征与寄托。

有离别就有相思，杨柳是离别的代名词，自然也是相思的关联词。李白的《春夜洛城闻笛》：

谁家玉笛暗飞声，散入春风满洛城。

此夜曲中闻折柳，何人不起故园情。

诗人夜里听见折柳曲，便起了“故园情”，张九龄的《折杨柳》“纤纤折杨柳，持此寄情人。一枝何足贵，怜是故园春”，也是用柳代替故园，借此表达对家乡的思念之情。辛弃疾的《摸鱼儿》：“休去倚危栏，斜阳正在，烟柳断肠处。”词人倚栏远眺，目光所及总是故园的方向，这里斜阳之中的烟柳，寄托了词人对北方沦陷家乡的思念及对国家前途的担忧。

柳的姿态和特性，也能给人许多与女性有关的美好想象。“弱柳扶风”是《红楼梦》中对林黛玉的形容。杨柳婀娜多姿，随风摇曳，犹如女子扭动的柔软腰身，故称“柳腰”。张先的《醉垂鞭》：“细看诸好处，人人道，柳腰身。”借杨柳表现女子的柔弱纤细、轻盈美好。

柳叶细长如女子秀眉，谓之“柳眉”，如白居易的《杨柳枝》

中云“人言柳叶似愁眉，更有愁肠似柳丝”。在白居易的《长恨歌》中，唐玄宗李隆基从蜀中回到长安，看到宫中的柳树，想到杨贵妃而悲伤落泪，“芙蓉如面柳如眉，对此如何不泪垂”。柳叶初生，似睡眼刚展，谓之“柳眼”，李清照《蝶恋花·暖雨晴风初破冻》中云“暖雨晴风初破冻，柳眼梅腮，已觉春心动”。柳腰、柳眉、柳眼，便成了女子美貌的代名词。也许因为这个原因，在古代，人们又将杨柳与风月场所的青楼女子联系在一起，如“烟花柳巷”“柳际花边”“章台柳”等。

柳树风姿绰约，具有飘逸洒脱之美，仿佛超然物外，与隐士的特点又有类似之处。东晋陶渊明，在堂前栽有五棵柳树，自号“五柳先生”，写有《五柳先生传》，自此，柳便与隐士结下了不解之缘，逐渐成了隐士高人的化身。王维《辋川闲居赠裴秀才迪》：“复值接舆醉，狂歌五柳前。”诗人将自己的友人比喻成春秋时的隐士接舆与东晋时的陶渊明，表达对友人隐居生活的向往和赞美。古人爱柳者不少：那个坐怀不乱的柳下惠，据说因爱柳而改姓；北宋欧阳修曾在扬州平山堂种植柳树，人称“欧公柳”；明末清初的蒲松龄在泉边栽柳，自称“柳泉居士”；现代史学家陈寅恪也爱柳，他的书房叫“寒柳堂”，还给一个姓柳的女子写了部《柳如是别传》。

杨花柳絮，随风飘转，仿佛漂泊者的命运。就像刘禹锡《杨柳枝》中说的：“春尽絮花留不得，随风好去落谁家？”苏轼的《水龙吟·次韵章质夫杨花词》是咏杨花柳絮词中最传神的，这首词和韵而似原创，显示作者的才力。《红楼梦》中多人作过柳絮词，林黛玉的《唐多令》最是写出柳絮飘零的特性：“粉堕百花洲，香残燕子楼。一团团、逐对成毬。飘泊亦如人命薄，空缱绻，说风流。　草木也知愁，韶华竟白头！叹今生、谁舍谁收？嫁与东风春不管，凭尔去，忍淹留。”这首词缠绵凄恻，黛玉在漂泊无依的柳絮中寄托自己寄人篱下不幸身世的伤感之情。

杨柳是春天的使者、离别的象征、美人的代称、隐士的化身、飘零的寄托……写不尽的杨柳，摇曳在诗词中的杨柳，千姿百态，楚楚动人！

丁香

纤纤弱弱千千结

丁香，因花筒细长如钉且有香味而名。幸好没叫钉香，“丁香”，多好听的名字啊。一朵细细长长的花也许并不美，几十朵、成百朵簇拥在一个花序上，就很美了。常见的丁香有紫色和白色，也有紫红色、蓝紫色的。丁香树并不高大，是灌木或小乔木，所以我们可以近距离地欣赏它。丁香花香味淡雅，闭上眼睛深吸一口气，沁人心脾。

说到丁香，你是否想起戴望舒《雨巷》诗中“像丁香一样，结着

愁怨的姑娘”？丁香为什么自带忧郁的气质呢？纤纤弱弱的丁香花将开未开之际，枝头密密缀满含苞欲放的花蕾，称为“丁香结”，仿佛愁思郁结，难以排遣。“心有千千结”，说的就是丁香。南唐李璟的《摊破浣溪沙》有“青鸟不传云外信，丁香空结雨中愁”句。晚唐著名诗人李商隐有“芭蕉不展丁香结，同向春风各自愁”，牛峤有“自从南浦别，愁见丁香结”。因为这些诗词，丁香就成了多愁善感的花。有一首广为传唱的校园民谣叫《丁香花》，据说是为了纪念一位因车祸而猝然离世的美丽女孩。歌曲选择用丁香这个意象，是因为丁香的花语是思念、初恋。

在我住的楼下，路边就有一棵紫丁香，每到开花时节，我每次走过总是流连花下，细嗅花枝，拿着手机拍呀拍的。好几次走过来的路人问我：“你在拍什么呀？”我说：“丁香花呀！”他们总是惊讶地说：“这就是丁香啊？我怎么从来没发现过？”现在的人们啊，总是慢不下匆忙的脚步，以至于这么美、这么香的丁香花都发现不了。

常州校区若水广场北面有两棵白丁香，每年都开得很灿烂；小池塘边以前还有一棵紫丁香，后来不见了。西康路校区友谊山西南角也有丁香花。

二月蓝

蓝紫花海如梦幻

有一年寒假过后，我去江宁校区给研究生上课，滔滔不绝地讲了四节课。走出教室，感到有些疲惫，早春的风也颇有些寒意，走在校园里并无多少心思欣赏风景，因为还要赶车回常州。令人意外的是，转过一个弯，一片蓝紫色蓦然映入眼帘，这是一片二月蓝，开放在黄河路西侧、致高楼 B 区北的水杉林下，连成一片紫色的海洋，如梦如幻，气势非凡。这美丽的遇见，立刻温暖了春寒料峭的时光，生活有时会以意想不到的方式回报你，真是太惊喜了。我一直忘不了那片二月蓝，没想到过了两年，常州校区校园里也有了紫色的身影，虽然没有那成片的气势，但也足以为校园

增添缤纷的色彩；西康路校区友谊山山坡上也有，二月蓝是春天里的一道风景。

二月蓝未开花时的茎叶很像油菜，这也难怪，因为它和油菜同是一个大家族——十字花科的——因开花时四个花瓣，成十字形排列，所以称为十字花科。这是一个大家族，油菜、白菜、青菜、芥菜、萝卜、甘蓝都是，它们都是菜，所以也称为菜科。十字花科还有一个特性，六枚雄蕊排列成两轮，内轮四枚，花丝较长，“四强雄蕊”也是十字花科的一个特点。

二月蓝在农历二月前后开花，花呈蓝紫色，所以应该叫“二月蓝”，现在大多数人称它为“二月兰”，但它和“兰”其实没有任何关系，“二月兰”应该是误叫的。那么这个美丽的错误到底是谁造成的呢？我们知道季羡林先生就称它为“二月兰”，他在文中写道：“在宅旁、篱下、林中、山头、土坡、湖边，只要有空隙的地方，都是一团紫气，间以白雾，小花开得淋漓尽致，气势非凡，紫气直

冲云霄，连宇宙都仿佛变成紫色的了。”就这样，“二月兰”在季先生的笔下芳名远播了。

《中国植物志》中，也把二月蓝称为“诸葛菜”，传说诸葛亮率军出征时曾采它的嫩茎叶为菜，后作为军粮广泛种植。这恐怕又是一个错误。二月蓝虽然可以当作菜吃，但味道苦涩，并不美味，而且季节性强，开过花后就变老而无法食用。诸葛亮军队吃的是它吗？我在明代著名文学家张岱的《夜航船》中看到这样的文字：“诸葛武侯出军，凡所止之处，必种蔓菁，即萝卜菜，蜀人呼为诸葛菜。

其菜有五美……”蔓菁也就是芜菁，也叫“大头菜”，不仅茎叶可以吃，其地下还有萝卜一样肥厚的块根可以充饥且味道不错，看来机智过人的诸葛亮种蔓菁比种二月蓝靠谱多了。也许因为蔓菁与二月蓝都属十字花科，叶子比较相像，人们就误将二月蓝当作诸葛菜了，现在也只能将错就错了。

二月蓝的花语为谦逊质朴，无私奉献。它们适应性强，朴实平凡，虽然美丽却不矫情，寒冷的冬天就开始孕育，春风一吹，该开放时，它们就盛开；该消失时，它们就消失。一切顺其自然，不悲不喜。

荠菜

野菜王者溪头春

荠菜马兰头，

姊姊嫁在后门头。

这是作家周作人的散文《故乡的野菜》里的一首儿歌。荠菜是大自然对人们的馈赠，是野菜中最美味的。荠菜团子、荠菜馄饨、荠菜春卷、荠菜炒年糕、荠菜炒肉丝……让人口水都要掉下来了。

荠菜开花前长着一张“大众脸”，而且形态多变，叶子有的深裂，有的浅裂，有的不裂，有的绿中带点浅褐色，容易跟稻槎菜、苦苣菜等混淆，但像我等这样的野菜老手，不管它变成哪样都能一眼把它认出来。荠菜是早春里最早开花的了，春寒料峭的时候，十字花科的小小白花就开了。辛弃疾的词《鹧鸪天·陌上柔桑破嫩芽》中有一句“城中桃李愁风雨，春在溪头荠菜花”。荠菜的果实，是可爱的心形哦。

在《诗经·谷风》中有“谁谓荼苦，其甘如荠”。“荼”是菊科的，如苦苣菜，苦苦的，荠菜当然要美味多了，有特有的鲜味和清香。流传下来的关于荠菜的诗歌有600多首，可见它是野菜中的王者。但这里写的显然是吃货笔下的荠菜，而非诗人笔下的荠菜。

苏东坡是著名的美食家，他用荠菜煮羹，“时绕麦田求野荠，强为僧舍煮山羹”，后来人们把荠菜粥称为“东坡羹”。荠菜羹汤色碧

绿，也称作“翡翠羹”，还叫“百岁羹”，活到百岁依然能享受美味的荠菜羹。陆游也是荠菜爱好者，他有 30 多首诗写到荠菜，如：“挑根择叶无虚日，直到开花如雪时。”好像他天天都在吃荠菜，一直吃到荠菜开花。日本人也是很爱野菜的，正月七日有吃“七草粥”的习俗，用芜菁、萝卜、水芹、荠菜、繁缕、宝盖草、鼠曲草做粥，据说吃了一年不生病。

农村有句谚语，“三月三，荠菜当灵丹”，还说“三月三，吃荠菜煮鸡蛋”，三月三是传统的上巳节，此时江南荠菜都已开花，开花后就老了，不好吃了。此时其实是用荠菜花煮鸡蛋。还有地方流行把荠菜花戴在头上，明代田汝成在《西湖游览志》中说：“三月三，男女皆戴荠菜花。”还有民谣说，“三月三，荠菜花儿赛牡丹”“三春戴荠菜花，桃李羞繁华”。在我的家乡江苏常州，妇女戴荠菜花叫作“驱睡”；有的地方说，戴了荠菜花一年不头痛。这习俗现在已不复存在了。

马兰

时令野蔬味清凉

说到早春野蔬，马兰可是当家花旦，江南人最好这口。不少地方有春食“三头”之说，即马兰头、枸杞头、香椿头，都是时令野菜，过季即无。美食家汪曾祺这样描写春天的野菜：“就像坐在河边，闻到新涨的春水的气味。”

挑马兰头，要手拿一把小剪子或锋利的小镰刀，将嫩梢剪（割）下，菜梗嫩绿或微红，根就留在泥土里，一场春雨过后很快又能长出来。挑好的马兰头装在小篮子里，有种淡淡的清香。以前乡下田埂上马兰头随处可见，一长一片。我刚到河海大学工作时，还和小伙伴们在校园里挑过马兰头呢，那时的校园比较原生态，野草野菜也较多。现在校园里绿化做得很好，但草地上、树林下还是不难见到马兰头的。

马兰最早出现在《楚辞》中：“马兰踸踔而日加。”（《七谏·怨世》）因其有特殊气味而被喻为恶草，但在魏晋南北朝时，它就已经被普遍视为野菜了，南北朝沈炯的《十二属诗》就有“马兰方远摘”，足以证之。

陆游诗中也写到马兰，也是作为野菜存在的：

离离幽草自成丛，过眼儿童采撷空。
不知马兰入晨俎，何似燕麦摇春风？

马兰被孩子们采去做了早饭，无法像燕麦一样在春风中摇曳。明人《野菜谱》里有俚语歌谣：“马兰头，拦路生……”马兰就是这样一种人们最熟悉的柔柔弱弱的野菜。

马兰的味道清清凉凉的，食之可清心明目、清热解毒。吃法很多，最常见的是用水焯一下，切碎凉拌，可以加些豆腐干、花生碎等，还可以做成豆腐羹，嫩豆腐的爽滑和马兰的清香，青青白白，可谓绝配。也有人将马兰头切碎了做成馅料，包饺子，卷春卷。但我总觉马兰这样的鲜物，做馅料有点“暴殄天物”。明代高濂的《遵生八笺》中说马兰：“二三月丛生，熟食，又可作齑。”我就喜欢清炒，加点大蒜叶，操作简单，又能保持马兰头完整的形状，舌尖上是清凉的春天的味道。清代袁枚的《随园食单》中就写道：“马兰头摘取嫩者，醋合笋拌食，油腻后食之，可以醒脾。”对于鱼肉吃多的现代人，马兰可以解除油腻。

马兰叶有止血的作用，农村小孩子一不小心手被割破是常事，只要将马兰叶揉碎，或干脆在嘴里嚼一下，敷在伤口上，血很快就能止住，还不容易发炎。

在夏天骄阳的照射下，马兰很快长高并探出头来，开出蓝紫色的小花朵。马兰的花朵形似菊花，有着菊科植物的标准特征，外面淡紫色如花瓣一样的是舌状花，中心黄色形如花蕊的是管状花，这种聚合在一起的花称为“头状花”。有人也许只吃过它，从没好好欣赏过它的花呢，真是可惜。

阿拉伯婆婆纳

遍地小花蓝盈盈

一听这名称，就觉得很有趣，小时候并不知道它叫什么，却是我们最熟悉的野草了，这是乡间、田野、路边最常见的野草，可以说随处可见，校园里草坪上或树荫下也经常能见到。我最爱它蓝盈盈的小花，从早春二、三月一直开到十月份，清新淡雅的小花装点春夏秋的大地。小花很小，没有指甲盖大，却很精致，四个花瓣，花瓣上还有深蓝色的条纹，颜色特别别致。叶子圆圆的，有锯齿，绿绿的，很可爱。我从婆婆纳蓝色的小花里，仿佛看到了烂漫的童年。

它叫作“阿拉伯婆婆纳”或“波斯婆婆纳”，一听这名字就知道是外来的。但我国有本土的“婆婆纳”，花没有阿拉伯婆婆纳漂亮，紫红色，略小。肯定不少人和我一样，很好奇它为啥叫“婆婆纳”，我曾一度以为“婆婆纳”这个名称也是外来的，考证一番才知其意。婆婆纳在有些地方叫作“纳布头”“布纳头”，就是做衣服多出来的碎布头，用来补衣服或纳鞋底用。所以“纳布头”这个名称，就让人想到老婆婆的针线笸箩。明代才子王磐，为六十余种野草写过歌谣，在他的《野菜谱》中，将这种植物称为“破破纳”，腊月便生，正二月采，熟食。三月老不堪食。“破破纳，不堪补。寒且饥，聊作脯。饱暖时，不忘汝。”早春田野上长出一小片一小片婆婆纳时，其嫩绿

的颜色非常醒目，远看像一块块破布头。杭州地区也把这种草称为“破布头草”，还有说法认为婆婆纳圆圆的果实有些像老婆婆放针线的小包。

我国古代有采婆婆纳的习俗，从王磐的歌谣中也可看出婆婆纳可以作为野草食用，还有药用价值。明代徐光启的《农政全书·荒阵》以及朱橚的《救荒本草》中均有记载。

《西游记》中称婆婆纳为“破破纳”，是端上餐桌的野草。在古代很多野菜都是可以用来充饥的。《西游记》第八十六回中，孙悟空打死南山大王救出唐僧和樵子，樵子做了一桌野菜酬谢，里面也有“破破纳”：

嫩焯黄花菜，酸虀白鼓丁。浮蔷马齿苋，江荠雁肠英。燕子不来香且嫩，芽儿拳小脆还青。烂煮马蓝头，白熝狗脚迹。猫耳朵，野落荜，灰条熟烂能中吃；剪刀股，牛塘利，倒灌窝螺操帚荠。碎米荠，莴菜荠，几品青香又滑腻。油炒乌英花，菱科甚可夸；蒲根菜并茭儿菜，四般近水实清华。看麦娘，娇且佳；破破纳，不穿他；苦麻台下藩篱架。雀儿绵单，猢狲脚迹；油灼灼煎来只好吃。斜蒿青蒿抱娘蒿，灯娥儿飞上板荞荞。羊耳秃，枸杞头，加上乌蓝不用油。几般野菜一餐饭，樵子虔心为谢酬。

一口气写了足足38种野菜，可以说是一首野菜的诗篇或歌谣。这些野菜中大部分在明代的《遵生八笺》中都提到过，是经作者高濂考证过可以放心食用的，其中有我们今天熟悉的黄花菜、马齿苋、马兰头、碎米荠、蒲根菜、看麦娘、抱娘蒿、枸杞头等。《西游记》里写到很多植物，连妖精住的山洞口都是“奇花瑶草馨香，红杏碧桃艳丽”，崖前古树，门外苍松，可见作者对植物是非常熟悉和热爱的。

繁缕

丝丝缕缕分枝多

很多田间杂草的名字都是很接地气的，如婆婆纳、附地菜、稻槎菜、猪殃殃等，但繁缕不同，这个名字，显得有些诗意，与其他小草不同。

在校园里任何地方，只要你低头，几乎都能见到繁缕，草坪上、树林里，甚至石阶的缝隙里。繁缕的茎非常纤细，但却有着繁多的分叉，感觉丝丝缕缕的，这也许是繁缕名称的由来吧。其实它就是最普通的杂草，我小时候就认识它，但那时候并不知道它还有个好听的名字叫繁缕，我们那时就叫它鸡肚肠草，它还有个别名叫鹅肠草。在早春时节，繁缕就迫不及待地开出小小的白花，在小小的叶子的衬托下，朴素而清新。细细的茎、小小的叶、小小的花，实在普通得让人忽略它的存在，但它因为有繁多的分枝，以多取胜，也可以长成很大的一片，密密的茎叶、密密的小花，你不注意到它都不行。繁缕也是我小时候最喜欢的草之一，因为它很嫩，兔子很喜欢吃。有过割草经验的朋友都知道，它经常是一长一大片，找到它就会有较大的收获。

诗人罗羽以繁缕入诗：

第一次见到繁缕

那是一种越年生的绿草

在低湿麦田里，茎直立或平卧
五月，快到麦收时，果实成熟
种子，经夏季休眠后重又萌发
或许，我早就在菜地、河渠旁看到过繁缕
甚至于观察过它的叶柄
它伞状的花有触及自然的美
阳光下，在一株一株繁缕缓慢变化的色泽里
我似乎靠近了幸福

幸福有时候就是简单而单纯的，是一株繁缕可以带给我们的。

“劝君处处惜芳草，清咽瘦身有繁缕”，繁缕既是春天里美味的野菜，也是一味中草药。为了写这些文字我曾尝试吃过它，不苦不涩，味道清淡，据说繁缕的汁可以治慢性咽喉炎，还可以减肥呢。

附地菜

低至尘埃也开花

办公室楼下那片草地上，每年春天里繁缕开满星星点点白色的小花，我已很熟悉它们了，忽然有一天，发现有几朵花有点不一样，是浅浅的蓝色，蹲下一看，原来是一簇附地菜。在校园里我还是第一次发现呢，就像见到了久违的老朋友一样，立刻蹲在地上拍照，拍了好久，因为花实在是太小了，小如米粒，用手机拍，很不好对焦，拍出来不好看又不肯罢休。

附地菜在农村也是常见的野草，从根部开始就有很多分枝，长成一簇一簇的，细细的叶子也长得很密，从根部抽出一枝花穗，小小的花，一朵朵往前开，开成一串。附地菜的花是很浅的蓝色，比婆婆纳的花颜色要浅很多，有的看上去接近白色，清新淡雅，很漂亮。但那花儿实在是太小了，恨不得借助于放大镜。附地菜贴着地面，低至尘埃，但依然能从尘埃中开出花来。

在有些人眼里，这些野菜没有什么区别，长得都差不多，而我却能分辨出它们，这也是个人经验吧。我小时候对田间小草很熟悉，是因为兔子，它们是兔子的口粮。那时农村没有任何副业，那些资本主义“尾巴”都被割掉了，每年年终分配，算一下每家出多少工，分了多少粮食，还有多少钱可以分，劳力多的人家可能可以分到几十元钱，劳力少的人家到年底还要欠生产队的钱。平时要买个油盐酱醋什么的怎么办呢？江南农村几乎家家户户都养几只白白的长毛兔，定期剪毛换点钱。对于我们来说，兔子可不是现在孩子养的宠物，而是每家的“小银行”呢，我们可得小心伺候它。小伙伴们一放学，放下书包就拿起镰刀小竹篮，奔向大自然。田野也是我们聚会和玩耍的场所，我们边玩边寻觅那些知名和不知名的野草，什么婆婆纳、繁缕、附地菜、稻槎菜、猪殃殃等，一律被眼尖的我们收获进篮子，变成兔子的口粮。当然，那个时候并不知道它们的名字。一年四季，对花草的感情就是这样养成的。那时的野草可不好找，显眼处的草早就被小伙伴们割掉了，有时不得不去离村子较远的地方找寻，那真是寻寻觅觅。古人云“十步之泽，必有芳草”，但好些芳草还没长大就成了兔子的粮食，想想也是可怜见的。即使到今天，看到路边或草坪上有嫩嫩的野草，我都会有种莫名的喜悦和感动。

附地菜之所以叫“菜”，一定是可以吃的，它也是救荒野菜之一，按理说现在生活条件好了，不会再有人吃野菜了，但也未必，现在人们又返璞归真，要不然校园内的蒲公英也不会被人挖光光，我不知道我在这里介绍了附地菜之后，它会不会也被别人找了去。现在吃附地菜的人一定没有或极少，但它可是一种很有用的中草药，内服治胃病出血，外敷治跌打损伤。再强调一下，关于本书中植物的药用，完全是道听途说，具体情况还请遵医嘱，本人是学中文的，非中医出身，千万别模仿。

紫花地丁

星星点点深紫色

在樱花盛开的季节，朋友们徜徉在美丽的樱花林中时，有没有被草地上紫色的小花吸引呢？它就是紫花地丁。校园各处草地上均有紫花地丁，樱花林最多，或星星点点，或密密的，一片一片的，它特有的深紫色，应该不难引起人们的注意。如果你从来没有发现过它，那也太辜负它紫色的情怀了，来年春天一定要专程去看望它们一下哦。紫花地丁的花期有一周左右，我觉得它因美丽的紫色完全可以做早春观赏花卉，开在花坛或美丽精致的花盆中，都是很美的。但我更喜欢它现在作为野花的存在，多么的自由自在，一旦人工培植，总不免有些匠里匠气的。

紫花地丁是多年生宿根草本，每年早春，在同一个地方，总会与你不期而遇。但我发现有一片草地被翻过后，第二年春天就没有看到紫花，所以我非常担心园丁们去翻樱花林下那片草地，然后种上二月蓝或者别的什么花，那样我就看不到成片的紫花地丁了。现在校园里自然状态的草地越来越少了，不知是该表扬呢，还是该为野花野草感到悲哀。

我小时候就熟悉这种小草了，也知道它是一种中草药，晒干了可以卖到药店里，换来的钱可以买一支铅笔或香香的橡皮。我上小

学时铅笔3分钱一支，橡皮2分钱，带香味的橡皮好像要5分钱，一般是不怎么舍得买的。至于紫花地丁的药用功效，百度上说：清热解毒，凉血消肿。嫩叶也可作野菜。我没吃过，想象中应该是会带点苦味的。

听说拿破仑十分倾心于小小的紫花地丁，他的追随者便以紫花地丁作为党派徽记，拿破仑被流放到厄尔巴岛时，发誓要在紫花地丁花开时返回巴黎。今日法国的图卢兹，每年会在2月举办“紫地丁节”。我不喜欢拿破仑，但不影响我喜欢紫花地丁。日本文学家夏目漱石创作俳句：“愿如紫地丁，生为渺小人。”在大自然面前，谁人不渺小？

紫花地丁为何强调“紫花”？因为还有一种地丁开白花，顾名思义，应该叫作“白花地丁”吧。紫花地丁是堇菜科的，与早开堇菜很相像，花的颜色、花形几乎完全一样。区别还是有的，以我个人的经验来看，紫花地丁开花比早开堇菜略晚一点点，应该是早开堇菜花谢后紫花地丁灿烂开放；紫花地丁叶子是狭长形的，早开堇菜叶子要宽一些。

蒲公英

小伞带着我飞翔

“我是一棵蒲公英的种子，谁也不知道我的快乐和悲伤。爸爸妈妈给我一把小伞，让我在广阔的天地间飘荡，飘荡。小伞带着我飞翔，飞翔，飞翔……”我小时候经常唱这一首歌，这是电影《巴山夜雨》的主题曲。现在小学课本中有一篇《蒲公英的种子》：“我是蒲公英的种子，有一朵毛茸茸的小花。微风轻轻一吹，我离开了亲爱的妈妈。飞呀，飞呀，飞到哪儿，哪儿就是我的家。”“毛茸茸的”不是小花，而是种子，这会不会给小朋友带来一种误导呢？

早春的草地上，星星点点的黄色小花特别能给人以惊喜。蒲

公英是一种遍地生根的野花，只要有阳光雨露，就能开花结果，平凡得让人无视它的存在。暖暖的春风一吹，在纷乱的乡间小道两侧、斑驳的残垣断壁上、城市的草地上、台阶的缝隙中，蒲公英便洒落阳光般的金黄。蒲公英是菊科的，它的花很像野菊花。黄色的小花凋谢后，结成一个个白色的绒球，种子便随风飘散到远方，来年生根发芽。小朋友们最爱这蒲公英的小伞，轻轻一吹，便飞散在空中，消失得无影无踪。

蒲公英又名黄花地丁、婆婆丁等，是有名的中草药，有清热解毒、消痈去肿等功效。蒲公英也是春天里鲜美的野蔬。小时候倒没吃过，前几年有一天下班时，正想着晚上吃什么，又懒得去菜场买菜，走到办公室楼下，看到草地上满是蒲公英正开着花，就顺手摘了一把嫩嫩的蒲公英叶子，花留着结籽。回家焯下水后清炒，略带些苦苦的味道，很是清香。它也可凉拌。

最近网上疯传蒲公英泡水喝可以防癌，说蒲公英是低调的养生家，有什么神奇功效等。难怪这两年经常看到有人在校园采摘蒲公英，超大的袋子已装了满满一袋了还不停手，大有一网打尽之势，我真想跟她们说，给我们留一点吧！幸亏蒲公英生命力旺盛！

马齿苋

叶子有些『婴儿肥』

马齿苋长得很有特色，不容易与其他草混淆。它似乎是平铺在地上的，茎颜色发红，贴着地面，有很多分枝，叶子小小的嫩嫩的，椭圆形，肥厚有光泽，像是有点“婴儿肥”，看着挺可爱，它应该也算是多肉植物吧。盛夏时开出米粒一样小小的黄花，花期只有一天，所以一般不被人注意。花谢后会长出小小的圆圆的果实，成熟后果壳的上半部分会像盖子一样脱落，里面黑黑的种子就掉了出来，又会长出很多新苗。

马齿苋喜欢肥沃的土壤，菜地上最多，长得又嫩又大。有经验的农人可以根据长什么草来判断这块地的肥薄，长马齿苋的地是肥沃的，长小蓟的是贫瘠的。校园草地上或树下常见马齿苋，长得最好的在花房里，因为那里土壤较肥。

马齿苋是民间很受欢迎的野菜，水焯过后凉拌、清炒、做汤都可以。明代高濂的《遵生八笺》野蔌类里记录了它的采集方法：“初夏采，沸汤焯过，晒干，冬用旋食。”我们家乡不吃，给猪、兔子吃，想必是不忍心抢它们的美味吧。有一年春天我在安徽一个小饭店里吃过，口感黏滑，略带点酸味，感觉有点怪，这是我唯一一次吃马齿苋，至今都没有忘记那个味道和那天的情形。

马齿苋也是有名的中草药。近年来民间流传说马齿苋可以降血脂，软化血管，对心脑血管病人很有益处，于是吃它的人就多了起来，经常看到有人专门采摘，菜场上偶尔也有卖。以前人们吃野菜是充饥，现在是保健，也经常夸大其功效。提醒一下，孕妇最好不要吃，性凉。

现在用来装饰花坛的还有大花马齿苋，太阳花、金枝玉叶也是马齿苋属的。

蛇莓

红果可食味寡淡

植物名中带动物的还真不少，如虎耳草、猪殃殃、狗尾草、鸡冠花、鸭跖草、鹅肠草等，还有蛇莓。但蛇莓和蛇有什么关系呢？常州乡间也叫它“蛇盘籽籽”。小孩子看到长得红红的果子就想去采了吃，奶奶就会告诉我们说，这个是蛇吃过的，蛇从上面爬过，千万不能吃。但我还是忍不住尝过，看着好看，其实味道一般，寡淡，有一点点甜味。

蛇莓是蔷薇科的，春天它的匍匐茎在地上蔓延开来，茎上会长出三片小叶子，温暖的阳光催开了花朵，是五个花瓣的小小的黄花，嫩黄色，很鲜艳。花谢后长出圆圆的果实，成熟后通红通红的，在一片绿草地上，非常惹眼，让你不由自主地喜欢上它。细看，蛇莓圆圆的果子表皮有褶皱，上面有一粒粒小小的瘦果，颜色鲜红，圆圆的果子则没有那么红，蛇莓抢眼的红色原来是上面一粒粒种子的功劳。其实这上面凸起的小小的瘦果才是种子。球形“果子”并非是真的果子，而只是肉质的花托，里面是白色的软软的海绵一样的果肉，诱惑动物们来吃它，借助动物的消化系统来传播种子。

蛇莓也称“野草莓”，叶子和草莓相似，只是小一号，花型也和草莓相像，区别是草莓花是白色的，蛇莓花是黄色的。红红的果子也有点像，但味道就差得很远了。有人说蛇莓有毒，其实没有，也许是

它占有一个“蛇”字，让人觉得有些可怕吧。蛇莓是可以吃的，只不过看着诱人，口感一般，保证你尝过之后就不想吃第二个，完全没有悬钩子属的树莓、覆盆子等小红果好吃，不信你下次尝一个。

蛇莓在校园的草地上随处可见，牡丹花丛下有一大片。它对环境不挑剔，半阴半湿最适宜。

玫瑰

野性诱惑带刺香

提到玫瑰，估计很多人首先想到的是爱情之花、浪漫之花。玫瑰原产于中国，和蔷薇、月季是一个家族——蔷薇科的。在英语中，玫瑰、月季、蔷薇都是一个名称——rose，这样，玫瑰就成了蔷薇科植物的统称了。难怪我们很多人对于玫瑰、月季傻傻分不清，是英语学得太好了。但我这里说的，就是玫瑰，不是月季或蔷薇。

玫瑰花一般只在春季开花，也只有两个颜色——红和白，单瓣或重瓣，花小而香，叶脉沉陷，叶子看上去有很多褶皱，枝条上布满密密的刺，让人一看就心生畏惧，是没法用手拿的，所以有“带刺的玫瑰”一说，带点儿野性的诱惑。

一般来说，玫瑰与月季的区别在于：玫瑰花开一季，月季花开四季；玫瑰只有玫红和白两个颜色，月季五颜六色，有很多颜色；玫瑰花小，香味浓郁，月季花大，香味淡雅；玫瑰枝条刺多，月季枝条刺少；玫瑰叶子多皱，月季叶子平滑，叶子的颜色也有细微区别，玫瑰的叶子绿色浅一点，有点黄绿，月季叶子为深绿色。以上区别是大多数情况下的，也有个别特例，例如有个别品种的玫瑰多次开花（平阴玫瑰中的丰花系列），也有个别品种月季只开一季，而且花小，如部分藤本月季。但是，可以肯定的是，情人节人们送出的或收到的，全

是月季，不是玫瑰！玫瑰花从枝上剪下后半小时不到就会萎蔫，不适合做鲜切花。

玫瑰花朵不大，但香味浓郁，所以种植玫瑰主要是作为经济作物而不是观赏，用于食品制作或提炼玫瑰香精，以山东平阴玫瑰和甘肃苦水玫瑰最为有名。

红玫瑰和白玫瑰相比，红玫瑰热情奔放，白玫瑰温柔娴静，都是人们的心头之爱。张爱玲写过一篇小说《红玫瑰与白玫瑰》，其中写道：

也许每一个男子全都有过这样的两个女人，至少两个。娶了红玫瑰，久而久之，红的变成了墙上的一抹蚊子血，白的还是“床前明月光”；娶了白玫瑰，白的便是衣服上粘的一粒饭粘子，红的却是心口上的一颗朱砂痣。

写得多形象啊，可以说张爱玲对爱情看得透彻，但当她遇见那个叫胡兰成的男人时，就不顾一切了，也许这就是爱情吧。

玫瑰在西方的象征含义比较丰富。首先，“玫瑰”是美好爱情的象征，叶芝有诗《致时光十字架上的玫瑰》；其次，“玫瑰”有时也是死亡的象征，澳大利亚女作家考琳·麦卡洛在其代表作《荆棘鸟》中，描写了四次葬礼，前三次葬礼都提到了“玫瑰”。

每个植物都有自己的小秘密，《玫瑰之吻》中有一个植物谜语：“在夏季的某一天，五个兄弟同时降生，其中两位长着胡须，两位没长胡须，剩下的一位很特别，一侧有胡须，另一侧却没有胡须。”谜底是蔷薇属植物的花萼。蔷薇属植物的 5 片花萼，有两片两侧像长着小翅膀，有两片两侧光光的，还有一片一侧有小翅膀，一侧没有。可能很少有人观察到这点吧，下次你可以亲自验证一下，这也是玫瑰、月季、蔷薇它们一家子共同的特点。

常州校区月季园的中间，有几棵玫瑰，春天，它们在姹紫嫣红的月季包围中，很不起眼；花季一过，周围的月季依然姹紫嫣红，玫瑰却只有密布刺的枝干和绿绿的叶子了，更不会引起人们的注意。尽管低调，但它们才是真正的玫瑰。

月季

花开四季月月红

常州校区有个月季园，各种颜色的月季花花开四季。月季是常州的市花，并且月季也不仅仅是常州的市花，我国有 70 多个城市将月季定为市花，可见月季在各地受欢迎的程度了。常州每个公园都有月季，但以紫荆公园和红梅公园为最多，紫荆公园有国内国外几百个品种的月季，应该是我国栽种月季最多、品种最全的公园之一。

月季最大的特点就是花开四季，花期很长，且以红色的品种为最常见，我们以前称它为“月月红”，宋代杨万里《腊前月季》诗云：“只道花开无十日，此花无日不春风。”月季也称四季花、长春花、胜春等。苏轼《月季》诗称赞它：

花落花开无间断，春来春去不相关。
牡丹最贵唯春晚，芍药虽繁只夏初。
唯有此花开不厌，一年长占四时春。

月季有“花中皇后”之称，在我国十大名花中排列第五，它花型多样，大而美，颜色也丰富多彩，有粉红、深红、玫红、黄色、橙色、白色、蓝色等，真可谓五颜六色，还有混色月季，一朵花有双色，甚至三色、四色，美不胜收。

在众多颜色的月季中，我个人偏爱黄色的，艳而不俗，香味最香。去年教师节，工会给 30 周年教龄的老教师每人赠送了一盆小月季，给我的正好是我喜欢的黄色月季。我把它放在办公室的窗台上，对它钟爱有加，冒着被同事嫌弃的风险给它浇发酵的淘米水。但花开过后不久，就染上了红蜘蛛虫病，叶子发白、枯萎。一帮外行同事齐出主

意，有人说喷药水、有人说喷稀释的酒精，有人说喷小苏打水，还有人说用烟头浸水后喷……各种折腾，终于救过来了，今年又开出了美丽的花儿。我搬入新居后终于有一个露天平台可以种花了，也种了不少月季花，每天早上一起床，第一件事就是走到露台看花。但月季病虫害较多，真的不太好养。

中国的月季栽种历史悠久，18 世纪西方人将月季带到欧洲后，与本地品种进行杂交，培育出许多优良品种的月季，称为现代月季。这些美丽的月季后来又回到中国，还被翻译成“玫瑰”，广泛用于美化园林、庭院、花坛等，鲜切花也多是这一品种，易保鲜，开花时间

长。情人节的“玫瑰”都是这种月季。世界上月季的品种有 3 万多种，现在市场上流行的“欧月”并不属于月季的一个类型，它是花友对来自欧洲的月季品种的简称，以大花灌木月季和藤本月季为主，欧月品种很多，如玛格丽特王妃、夏洛特夫人、黄金庆典、金丝雀、自由精神、朱丽叶等，非常漂亮，但它们体内均流淌着中国古老月季的血液。

现在还有一种树状月季，也称高杆月季、月季树，有较高的直立树杆，是经过嫁接形成的。一树一树大而美的花，非常具有视觉冲击力。常州有些公路的绿化隔离带就种了这种月季，我想，这么美的花，会不会分散驾驶员的注意力？

蔷薇

开满篱笆成花墙

一直幻想，有一扇门，门前有开满鲜花的篱笆，早晨，明亮的阳光照在鲜花上，在门前，“草在结它的种子，风在摇它的叶子，我们站着，不说话，就十分美好”。（顾城《门前》）在我的想象中，那篱笆上的鲜花，一定是蔷薇。

蔷薇也是蔷薇属植物的统称，这里指藤本的爬满篱笆或花墙的小花。李时珍《本草纲目》中说：“此草蔓柔靡，依墙援而生，故名蔷蘼。”这说出蔷薇蔓性藤本的特点。蔷薇在枝条顶部开花，其中一枝七花或十花的被称为七姊妹或十姊妹，花朵较小，单瓣或重瓣，以粉红或深红最为常见。蔷薇开花的时候，花很多，开得密密的，真是“千朵万朵压枝低”“满架蔷薇一院香”，妖娆而有气势。蔷薇开花一般是在四五月份，已是暮春，在我看来，虽热热闹闹，但总是带点伤春惜时的淡淡忧伤。

蔷薇栽种历史悠久，西汉时就有蔷薇的记载。汉武帝与妃子丽娟在园中赏花，当时蔷薇刚刚开放，好似美人含笑。汉武帝叹曰：“此花绝胜佳人笑也。”丽娟戏问：“笑可买乎？”武帝答：“可。”于是丽娟便取出黄金百斤，作为买笑钱，以尽武帝一日之欢。“买笑花”从此便成了蔷薇的别称。

杜牧有诗《蔷薇花》：

朵朵精神叶叶柔，雨晴香拂醉人头。

石家锦幛依然在，闲倚狂风夜不收。

诗歌赞美蔷薇的饱满神韵，花香醉人，成片开放犹如晋代富豪石崇的锦步幛一样华丽，即使在狂风中也能气定神闲。

乡间、山野常见一种野蔷薇，开白花，黄蕊，单瓣，藤上有刺，花很香，据说可以泡茶，我小时候常去采这种蔷薇，手经常被刺出血来。野蔷薇的根还是一种药材。

校园花房那里有一面蔷薇花墙，每年花开时节，绚烂夺目，幽香扑鼻，哪一年没去好好欣赏一下，拍几张美照，好像这个春天总是有些遗憾。今年因疫情原因在家上网课，很少去学校，4月底因事进校，心里想着该是蔷薇花开的时节了，一进校门便直奔蔷薇花墙，看花儿热热闹闹地开着，我张开双臂，闭上眼睛深吸一口气，让醉人的花香沁入心脾，河海的这个春天，也算没有辜负。

没有老师、学生的校园，即使花开得再热闹，也是落寞的，真想说句："陌上花开，可缓缓归矣！"

牡丹

国色天香花中王

牡丹，花大而艳，花型多样，颜色丰富，富丽堂皇，国色天香，被称为花中之王。1985 年牡丹被评为中国十大名花之一。至于牡丹的得名，李时珍《本草纲目》中说：“牡丹虽结籽而根上生苗，故谓‘牡’（可无性繁殖），其花红故谓‘丹’。”

牡丹是木本，芍药是草本，牡丹也被称为木芍药。我有一位朋友在院子里种了一棵牡丹、一棵芍药，秋冬牡丹、芍药叶落枝枯，朋友把它们的枯枝统统剪掉，来年它们又冒出新芽，芍药开出很漂亮的花，牡丹却不开花，连续三年如此。朋友对那棵不如芍药的牡丹很生气，准备连根挖掉。后来经人提醒他才知道，牡丹是木本，不是草本，年年将它的枝干都剪掉，让它如何开花呢？又一年春天，牡丹的枯枝上冒出新芽，抽出新枝，一下开出十几朵硕大美丽的花，是那种艳丽的红色。朋友欣喜万分，又对它抱有深深的歉意，这几年真是冤枉它了。

我国河南洛阳的牡丹最为有名，这得益于隋炀帝在洛阳西苑广泛收集民间奇花异草，得到很多珍稀的牡丹品种，遂形成集中观赏的场所。唐朝经济繁盛、社会稳定，长安的牡丹引种洛阳，栽种更甚于前朝。唐玄宗与杨贵妃在沉香亭畔赏牡丹时，李白写下著名的《清平调》：

名花倾国两相欢，长得君王带笑看。

解释春风无限恨，沉香亭北倚阑干。

雍容华贵的牡丹与倾国倾城的美人真是绝配，君王怎会不带笑看呢？由此看来，李白也是爱牡丹的，不然定写不出如此好诗。唐代刘禹锡也有首著名的《赏牡丹》，诗曰：

庭前芍药妖无格，池上芙蕖净少情。

唯有牡丹真国色，花开时节动京城。

还有一些文学家不仅诗咏牡丹，还研究牡丹，如欧阳修曾写过《洛阳牡丹记》，陆游著有《天彭牡丹谱》，记载了牡丹的栽种技术和品种等。

牡丹入诗入画，以牡丹为题材的绘画作品特别多，绘画史上也有许多以画牡丹闻名的画家。牡丹不仅进入文学、绘画领域，还进入植物学、园艺学、药物学、食物学、民俗学等多个领域，形成独特的牡丹文化。

一直以为牡丹是我国的国花，2019 年 7 月 15 日，中国花卉协

会等多个网站发起投票活动“我心中的国花”，向公众征求对国花的意见。得票最多的是牡丹，其次是梅花。

要成为我国的国花，私以为必须符合以下条件：首先必须是我国原产花卉，有悠久的历史、广泛的分布；其次是花型、花色美丽大方，为国人喜爱；第三，在文化上符合我国大多数民众的审美倾向；第四，反映中华民族的某种精神气质。牡丹，符合以上所有条件，原产于我国，美丽端庄，它所表现出的富贵华丽、圆满宽厚、吉利喜庆，尤其为国人所喜闻乐见。可能有人认为，牡丹在反映中华民族的精神气质上，不如梅花，其实不然，你们难道忘了这样一个故事了吗？相传武则天曾在大雪纷飞的寒冬，下令百花同时开放，“花须连夜发，莫待晓风吹”。花神们也惧怕女皇的强权，不敢违抗命令。第二天，武则天到花园一看，所有花儿都开了，只有牡丹，还是枯枝残叶，没到开放的季节它就是不开放。武则天十分生气，把牡丹贬到了洛阳。这种顺应天性、不畏强权、坚强不屈的品质，不是正符合我们中华民族的精神气质吗？

常州校区也有一片牡丹园，4 月，五号楼前，花开正艳。

芍药

风姿绰约非凡草

芍药，因其花型妩媚，故占得形容美好容貌的“绰约”之谐音，名为“芍药”，又被称为“花中宰相”，还被列为“五月花神”。“憨湘云醉眠芍药裀”，是《红楼梦》中最美丽的情景之一。芍药自古就是爱情之花，现已被认定为七夕节的代表花卉。但我认为把七夕节作为中国的情人节并不太合适，芍药还有一些别名，如别离草、将离、离草，作为爱情花也不吉利。

芍药与牡丹花叶相像，开花时间略有先后，芍药比牡丹晚开约半月，人们一般将芍药与牡丹栽种在一起，相互辉映，可延长观赏时间。可是，好多人牡丹和芍药分不清，我也是多次观察比较后才分清的。主要区别在于：牡丹是木本，第二年在枝干上长新芽，植株可以长到两米多高，而芍药则是草本，多年生草本也是草本，第二年土里根部萌发新芽；从叶子上区分，牡丹叶片宽，略带黄绿色，而芍药叶片狭，绿色深，牡丹的叶子是三瓣的，专业用语为“叶形三裂”，芍药的叶子上部是单叶；从开花时间来看，早开花的是牡丹，晚开花的是芍药；牡丹花开在花枝顶端，多单生，一般一枝只开一朵花，芍药簇生，一

枝有几朵花。

芍药除了花之外，还有一个牡丹没有的看点，那就是早春芍药萌芽，一个个紫红色的嫩芽，像小竹笋，像笔尖，从土里冒出来，一天一个样，真是好看。当然，芍药最美的还是花，各种颜色，很多花型，不输牡丹，有的花瓣有上百片。

东西方文化中都认为芍药不是凡花俗草，既可以食用，还可以治病。我国古代传说中，芍药是花神为治凡间疾病，从王母娘娘那里偷来的。西方认为芍药是古希腊神医的弟子佩翁变的，所以芍药有一种神奇的魔力，凡芍药生长的地方，恶魔会消失得无影无踪，甚至可以解曼陀罗的毒性。芍药可药用是肯定的，名字就占有一“药”字呢。

常州校区五号楼前牡丹园里也栽种了芍药。

杜鹃

漫山遍野映山红

杜鹃，是花名也是鸟名。有一个凄美的传说：古蜀国君主杜宇，身亡后魂魄化为杜鹃鸟，日夜悲鸣啼叫，口角滴血，染红的花儿就变成殷红美丽的杜鹃花。李商隐诗："庄生晓梦迷蝴蝶，望帝春心托杜鹃"就是用的这个典故。李白的《宣城见杜鹃花》：

蜀国曾闻子规鸟，宣城还见杜鹃花。

一叫一回肠一断，三春三月忆三巴。

李白的诗将杜鹃鸟与花联系在一起。白居易著名的诗篇《琵琶行》中有"期间旦暮闻何物，杜鹃啼血猿哀鸣"，指的是杜鹃鸟。

杜鹃又名映山红、山石榴，为十大名花之六。春天一到，好多山上满山盛开杜鹃花，把整个山都染红了。杜鹃花为著名的花卉植物，我国大小公园或绿化带都能见到它的身影，常州有一个杜鹃花主题公园，位于天宁区雕庄街道的凤凰公园，有各种品种的杜鹃花 70 多种，颜色有大红、玫红、粉红、白色、黄色、雪青等，五颜六色，让人目不暇接。不仅我国，世界上各大公园也几乎都有栽种。河海几个校区都有，常州若水广场西侧、师泽亭边有不少，西康路校区校办楼的下面、江宁校区叠翠山上都有。

杜鹃花的记载，最早见于汉代的《神农本草经》，书中称之为"羊踯躅”，将其列为有毒植物。杜鹃全株可供药用。古代文人许多都喜爱杜鹃，尤其是白居易，写下很多赞美杜鹃花的诗篇，还亲自移栽种植。《草花谱》认为四川的杜鹃花最好，谓之川鹃，花十数层，颜色最红。云南的杜鹃也很多，一定要在春天去一趟云南香格里拉，还有四川的稻城亚丁，那里漫山遍野的杜鹃一定能让你终生难忘。

其实赏花何必远行，清初陈维岳《杜鹃花小记》云：“杜鹃产蜀中，素有名，宜兴善权洞杜鹃，生石壁间，花硕大，瓣有泪点，最为佳本，不亚蜀中也。”宜兴就在常州旁边，文中的“善权洞”应是今善卷洞，不知这神奇的杜鹃现在还有没有。

杜鹃花分为五大品系：春鹃、夏鹃、东鹃、西鹃、高山杜鹃。春鹃原产于中国，春季开花，先开花后发芽长叶，因叶多毛，又称“毛鹃”；夏鹃先长叶子再开花，5—6 月开花，可持续到 7—8 月；东鹃从日本引入，花期为春天，叶子小，叶片薄，毛少，光亮；西鹃是杂

交品种，故称为“西洋鹃”“西鹃”，花色艳丽，花朵大；高山杜鹃与大多数低矮的杜鹃相比，较为高大，是常绿灌木或小乔木，一般长在海拔较高的山野间，近年经过人工驯化，在花展中也能见到，但在江南地区野外生长还是有一定的困难。

感觉杜鹃花比较难养，我每年春节期间都会入手一两盆杜鹃，但往往开过花就慢慢不行了，掉叶、枯死，怎么呵护都没有用，虽然知道杜鹃喜酸性土壤，喜湿润，怕暴晒，但还是掌握不好浇水的节奏。

1991 年，中国邮政发行过一套 8 枚杜鹃花的特种邮票，特别漂亮，印象深刻。邮票中我最爱花卉系列，精美别致。我的邮票是按年整理的，后来每年订一本年册。如果花卉邮票专门收集一册的话，我会经常放在手边翻看。说到底还是喜欢花。

近几年冬天，一种带有花苞的杜鹃花干枝卖得很好，很多花店及小贩都卖，冠其名曰“枯木逢春”，干枯的花枝插在水里十多天，就能开出鲜艳的杜鹃花来，很多人觉得神奇会买一把试试，也不贵，20 ~ 30 元一把。我当时看到这些枯枝，就觉得应该是东北山上的野生杜鹃，任由这样滥采，肯定是一个毁灭性的破坏。果然，后来知道

这是兴安野生杜鹃，这几年遭滥采滥伐，几乎被破坏殆尽。东北高寒地区杜鹃花的生长期只有三个半月，市场上售卖的花枝，要长好几年才能长成，将成熟的枝条大量剪走，对于东北兴安杜鹃的繁衍造成了毁灭性的破坏，已严重破坏当地生态。虽然现在已经禁止这种行为，也有专家说此种杜鹃有毒，不适于在家中养，但每年冬天依然还是有的卖，想想真是痛心，希望大家都不要去买，没有消费就没有破坏。

紫荆

繁花满枝珊瑚树

写紫荆花前，首先要申明，此紫荆非彼紫荆也。因为说到紫荆，肯定很多人想到香港，香港特别行政区的区旗上的那朵花、金紫荆广场上那朵金色的花，也被人叫作“紫荆”，它是香港的区花，是香港的符号。其实这个花名叫红花羊蹄甲，也称为“洋紫荆”。羊蹄甲树是乔木，较高大，花朵较大，花型有点像兰花，花期从 11 月到次年 4 月。这些与我要说的紫荆都不同，唯一的相似之处，就是花的颜色类似——都是紫红色。

春天万紫千红，3—4 月是很多花儿的盛花期，公园里、道路旁、田野上，到处繁花似锦，分外妖娆。但在这些争艳的百花中，有一种花还是很引人注目的。它的花树并不高，从根部生出很多分枝，一丛长在一起。开花时节，紫红色或粉红色的花儿几朵或十几朵一起，簇生在光秃秃的枝干上，绿叶还没长起来，远看一束束、一串串开满了花，真是一树一树花开，这就是紫荆。它又名“满条红”“珊瑚树”，这两个别称都很形象。

走近仔细看紫荆花，其实像豆花，没错，它是豆科紫荆属的。开过花后，会结出一条条豆荚似的荚果，这是它的种子。紫荆的叶子也很好看，底部有点像心形，上部尖尖的。一次在校园里看到工友正修

剪紫荆的枝条，便顺手捡了一枝，有一米半高左右，用一个大花瓶插在小公室里，形状很美。在白墙壁的衬托下，碧绿的叶子、狭长的荚果，还有投射在白墙壁上疏疏落落的影子，真是赏心悦目。

紫荆并不高贵，农家院落里常见。紫荆花是通人性的，被称为“田家紫荆”“兄弟花”。这里有个感人的故事，据南朝吴钧《续齐谐记》记载，京兆尹田真兄弟三人分家，所有家当都分割好了，唯有院中一株紫荆不知如何处置，兄弟三人商议好第二天将这株紫荆也一分为三。结果第二天一早，原本繁花似锦的紫荆，一夜之间全部凋零，树枝枯萎。田家兄弟不禁感慨道：“人不如木也。”于是兄弟三人重新合为一家并和睦相处，紫荆也逐渐恢复生机，枝繁叶茂。所以有成语“三荆同欢”，晋代著名才子陆机有诗云：“三荆欢同株，四鸟悲异林。”紫荆也成了兄弟和睦的象征。

紫藤

缨络缤纷紫色瀑

我小时候读过一本小说，名字忘记了，其中一个情节却记得很清楚。一个深宅大院的后院，有一个紫藤架，每年开满密密的紫藤花，紫藤架下有一口古井，美丽的女主人为情所困，投井自尽了，以至于我每次看到紫藤架上开幽幽的紫色的花，总觉得有几分神秘忧伤。后

来看到关于紫藤的传说，以及它的花语，居然是为情而死，为爱而亡。但紫藤花确实是美丽的，缨络缤纷，如梦如幻。

南京西康路校区的友谊山上，江宁校区叠翠山上、东湖边知禹亭，常州校区为学楼、英才楼庭院里都有紫藤架，年年春天为校园带来紫色的浪漫。紫藤别名藤萝、朱藤等，是落叶藤本植物，藤右旋。大多栽种在假山石边，路边、水池边的紫藤要搭架子任由缠绕攀缘，做成花廊也是极美的。紫藤如果缠上一棵树，则会把树缠死。也有的特意让它缠绕一棵枯树，营造枯木逢春的意境。

紫藤花的花穗是长长的一串，美丽的紫色衬着绿绿的嫩叶，煞是可爱。现在有一种多花紫藤，花非常多，花穗很长，一串串紫色的花随风摇曳，给人一种梦幻般的美，仿佛置身于童话世界，春意也似乎要从那一串串紫色上流泻下来，难怪人们把紫藤称为流动的紫色瀑布。紫藤是豆科紫藤属的，花型也似豆花，也结豆荚似的果。紫藤在日本也很受欢迎，《万叶集》中有 20 多首和歌提到它。

我在微信朋友圈中发紫藤花时，有一位朋友留言说，看到紫藤就想起洋槐花，真想捋下一串来放到嘴里，一定是甜丝丝的味道。还真没说错，紫藤是可以吃的。将紫色的花朵用水焯一下，凉拌，或裹上面油炸，也可以蒸食、煮粥，或制作糕点，民间有“紫萝饼”“紫萝糕”，就是用紫藤花做的。好奇的吃货们是不是想试试呢？但这样恐怕会有破坏花木之嫌，因为市场上买不到紫藤花，还是吃槐花吧。紫藤花以茎皮、花及种子入药。还有一种蓝色、白色的紫藤花，据说全株有毒，如果遇见，只可远观，千万别吃。也有人说花没有毒，但生命可贵，还是不要冒险的好。

紫藤寿命很长，可以成活数百年。古代文人雅士都喜欢种紫藤，紫藤也能入诗入画。李白有诗云：“紫藤挂云木，花蔓宜阳春。”苏轼晚年自海南赦归后居住常州，住在顾塘桥孙氏馆，手植紫藤一棵，后终老于此。明代里人重建，命名为“藤花旧馆”，现修缮为苏东坡纪念馆对外开放。园中的一棵紫藤，虽非东坡手植，却也有些年头了。

忍冬

成双成对金银花

忍冬俗称金银花，李时珍《本草纲目》中说，花初开为白色，后转为黄色，似金银二色。

金银花的藤细细的，攀缘缠绕或蔓生，叶卵形，对生。金银花花期为暮春到初夏，有时大夏天或秋天也能见到它开花。开花时有特有的清香，我经常是先闻到它的香味，再去找寻它的踪影。我曾仔细观察过金银花的花，它一蒂二花，两朵花长在同一个花蒂上，成双成对，像一对恩爱的恋人，所以又称“鸳鸯藤”，有地方也称“双花”“二宝花”等。它花萼细小，花蕾呈棒状，上粗下细，颜色为浅绿色，或黄白色，花蕾越长大颜色越白。终于开花了，花朵下部为细细的筒状，上部为唇形，上下两片，上片较宽，下片呈细细的带状，向下反卷，长长的花蕊伸出花外，一共六根，一根雌蕊在中间，五根雄蕊围绕。花朵刚开为纯白色，过一两天后变为浅黄，再变为金黄色。同一根上有白有黄，如金银二色，衬着嫩绿的叶片，色彩丰富而淡雅。

金银花是众所周知的清热解毒的良药，牙疼上火什么的，泡一杯金银花茶，很快见效。

金银花适应性强，对土壤要求不高，我生活中见到的都是野生状态的，平原山地，房前屋后篱笆旁，灌木丛小树林中，小区绿化带上，都能见到它。金银花生根力强，茎节匍匐在地都能生根，具有很好的固土保水能力。有农谚说：“涝死庄稼旱死草，冻死石榴晒伤瓜，不会影响金银花。”可见其生命力之强。在金银花盛开的季节，我经常闻到金银花的花香，但在校园里没有见到，也不知有没有，就在万能的朋友圈问了一下，于是一个朋友一大早冒着蒙蒙细雨找遍校园他认为可能长这花的地方，都无果，却无意中在文体馆后面研究生宿舍门口发现它的芳踪。真是“踏破铁鞋无觅处，得来全不费功夫”。世间事也经常如此，有心栽花，无心插柳，生活中处处有哲理啊。

槐花

洁白花朵一串串

高高山上一树槐
手把栏杆望郎来
娘问女儿望啥子
我望槐花几时开

这是一首流传多地的民歌《槐花几时开》，槐花，就像这民歌一样接地气。可是，也许你想不到，大家熟悉的那个槐花，却是个洋货，它叫“洋槐”，因为枝条有刺，因而民间也有个接地气的名字，叫“刺槐”，它是从北美传入中国的。我国本土的槐树叫国槐，它们虽然叶形和花形相似，但亦有很多的不同点：刺槐小枝上有尖刺，国槐没有；刺槐春夏之交开花，花为白色，国槐夏秋之交开花，花色有点淡黄；刺槐花序下垂，国槐花序向上，国槐的花也没有刺槐花那么多，那么香；刺槐花可以吃，国槐花一般不可以吃，据说有毒，未开的俗称“槐米”，是一种中药。校园里常见的树型不高、枝条卷曲向下的是盘槐，或叫龙爪槐，是国槐的变种，江宁校区雅学楼前、常州校区英才楼前的就是。

槐花飘香的季节，空气里弥漫着甜丝丝的香味，忍不住想深吸一口气。循着花香可以找到周边的槐树，西康路校区的槐树在操场旁的

港航实验楼后面，常州校区有两棵，一棵在英才楼南面围墙边，一棵在文体馆东的小河边，江宁校区的槐树在励学楼 B 楼旁边。槐树是很低调的树，只有当洁白的花儿一串串挂在翠绿的枝头，它才比较显眼，原本朴实的槐树也变得素雅可人，楚楚动人。其实槐树叶也是很美的，在逆光下叶脉清晰，鲜亮的绿衬着蓝蓝的天，一副岁月静好的样子。

人们闻到槐花香，总是感到很亲切，它勾起许多人童年的回忆。当我在朋友圈分享槐花时，下面的留言大多是交流槐花的吃法的，有：包饺子、包包子、炒鸡蛋，做槐花饼、槐花蜜、槐花茶，粉蒸、调糊

煎……很遗憾，我只做过槐花炒鸡蛋。将鸡蛋打碎，倒入洗净的槐花，搅拌，加点盐，油锅一炒就可以，简单，保留了槐花甜甜的原汁原味，齿颊留香。现在吃槐花与其他野菜一样，是尝个鲜，或是好玩，但在物质匮乏时期，槐花、槐叶可是救命的口粮。槐花开的时候，正是春荒季节，家里的米缸见了底，地里的庄稼青黄不接，美味的槐花最是救荒的食物，在有些地方甚至被老百姓称为“救命树”。槐树生命力顽强，无论环境多么恶劣，土壤多么贫瘠，都能健康生长。民间还有“门前种棵槐，财运自然来”的谚语。

有一句话也流传较广：“槐花黄，举子忙。”唐代李淖《秦中岁时记》中说：“进士下第，当年七月复献新文，求拔解，曰：‘槐花黄，举子忙。’”唐时长安举子自六月以后，落第者不出京城，谓之过夏。多借静坊庙院及闲宅居住，作新文章，谓之夏课，七月后投献各官员，所以人称：“槐花黄，举子忙。”后以此典泛指考生准备科举考试。如宋代黄庭坚有诗：“槐催举子著花黄，来食邯郸道上粱。”苏轼几首诗里都提到槐花，有一首《和董传留别》比较著名：

粗缯大布裹生涯，腹有诗书气自华。
厌伴老儒烹瓠叶，强随举子踏槐花。
囊空不办寻春马，眼乱行看择婿车。
得意犹堪夸世俗，诏黄新湿字如鸦。

这些诗中的槐花，我认为应该是国槐而非刺槐，因为“举子忙”在农历六、七月份，是夏秋之季，正是国槐的花季，刺槐花早开过了；另外，国槐花略带黄色，而刺槐花是白色的。

刺槐花又甜又香，是很好的蜜源，酿出的就是槐花蜜。汪曾祺写过一篇《槐花》，他写的其实不是槐花，是一对放蜂的夫妇。我喜欢他的文字，简简单单，有味道。小时候我还很羡慕放蜂的人，自由散淡，逐花而行。

郁金香

叶似宝剑花似冠

校园植物中，最洋气、最具异域风情的花草，非郁金香莫属。郁金香以其端庄动人、秀丽雅致，深受大家宠爱。

郁金香原产于地中海沿岸及中亚、土耳其等地，是百合科郁金香属的多年生草本植物。郁金香的根球为直径约 2 ~ 3 cm 的偏圆锥形鳞茎，有 3 ~ 5 枚宝剑似的叶子，花朵像皇冠，也像个杯子，一枝一花开于茎顶，花被片 6 枚，花儿颜色繁多且色彩饱满，有红色、粉色、黄色、紫色、白色、棕色等，有单色也有双色，花期为 3—5 月。郁金香在欧美被视为胜利和美好的象征，是荷兰、伊朗、土耳其等国的国花。

一开始，人们在野外发现了这种美丽的花儿，也只是简单地挖出球根带回家埋进花园里而已。经过热爱郁金香的古波斯人、塞尔柱人、奥斯曼人的广泛种植，一代代园艺工作者的育种培植，还有被称为“西欧郁金香之父”的克卢修斯这样的植物学家的精心研究培育，郁金香的品种越来越多，至今已有数千个品种，每年还有不少新的品种诞生。

从山野间的普通花朵到广受人们追捧的园艺花卉，郁金香的进阶之路充满神话色彩。首先是它自身的高颜值，拥有俘获别人芳心的资本，其次想要大红大紫还是离不开营销。郁金香这种艳丽的花儿传到荷兰后不久，就成为贵族及中产阶层的奢侈品。一些颜色和花纹稀有

的郁金香被培育出来后，被一些新贵们拥有并收藏，价格不断攀升。郁金香成为名贵的花卉后，郁金香球根的出口贸易便形成了，经济飞速发展的荷兰，也逐渐成为郁金香贸易的中心。

从 17 世纪开始，荷兰百业荒废，全国上下都开始为郁金香疯狂。大量投机商人囤积居奇，哄抬市场价。一个郁金香球茎的价格超过了一个熟练工匠年收入的 10 倍以上，一枝名贵品种的价格，相当于一栋豪宅。即使是这样的天价，郁金香的价格还是节节攀升，甚至在一个月内，价格能翻 20 倍。在巨大利益的诱惑面前，许多人倾其所有把钱投入郁金香的买卖，疯狂抢购郁金香，希望赚取更多的金钱。但没过多久，这种狂热便急速消退，曾经昂贵的球根烂在仓库，无人问津。这成为人类历史上的第一个泡沫经济典型案例。

在这一场郁金香的狂欢中还发生了一些令人啼笑皆非的故事。一位水手误将一颗名贵品种的郁金香球根当作洋葱吃掉了，而这颗“洋葱”在当时甚至可以养活整整一船的人，可怜的水手当然是赔不起的，只能锒铛入狱了。还有一位英国生物学家来荷兰游学，他对郁金香狂热一无所知，不慎将某位富商的珍稀品种球根给解剖了，结果被愤怒的富商送进了牢狱，他能够支付得起损失的那一天，才是他出狱的日子。

神奇的郁金香，曾让多少人一夜暴富，也曾让多少人倾家荡产。春天，校园里的郁金香美丽而安静地绽放，那些跌宕起伏本非它的本意，也仿佛与它丝毫无关。

夏木

阴阴

石榴

红红火火照眼明

立夏，选一种校园植物应景，非石榴莫属。“五月榴花照眼明”，石榴花红红火火，仿佛夏的奔放、火的热烈。

石榴是个舶来品，是汉代张骞从西域安石国带回来的，所以最早称“安石榴”，如今已遍布我国大江南北。河海大学校园里当然也有石榴树，江宁校区致高楼 B 区东头有个石榴园。

石榴花虽然也有粉红、白色等品种，但火红的石榴花让人印象深刻。农历五月是石榴盛开的时候，所以农历五月也称为“榴月”。五月石榴花的花神你肯定猜不到是谁，居然是面目狰狞的钟魁，难怪民间画像上的钟魁耳边插着一枝石榴花，也许是因为钟魁爱憎分明、火辣的性格与火红的石榴相配吧。

石榴更是美味的水果。圆圆的石榴果成熟后会裂开，里面有很多石榴籽，晶莹剔透，宛如红宝石。我喜欢将石榴籽剥好放在玻璃碗中，等家人回来一起享用。

晋朝的美男子潘岳，就是“貌比潘安”的那个“潘安”，他写过《安石榴赋》，说“安石榴者，天下之奇树，九州之名果也……千房同模，十子如一”。据说后赵石虎家中的石榴，大如碗盏，这一定是他从老家石国引种的极品石榴。

清代才子李渔是位出色的博物学家，他肯定种过并研究过石榴，在《闲情偶寄》中说，榴性喜压、喜日，又喜高而直上。

石榴在中国传统文化中是吉祥果，这么多的石榴籽代表多子多福。古代人们经常会在新房里放上两个石榴。中国人喜欢红红火火，对红色比较偏爱，红色代表热闹、繁华、进取、富贵，石榴花有着喜庆的“中国红”，备受国人喜爱，以石榴为题材的画作也特别受欢迎。

在古希腊，石榴是“忘忧果”。《奥德赛》中，奥德修斯在特洛伊战争胜利后，带领人们回归家乡。经过一个“忘忧果之岛”时，岛上的人给他的三个水手吃了美味的石榴，这三个水手就像着了魔一样，铁了心要留在岛上，再也不肯回家。奥德修斯后来没办法，只能把这三个人绑在桅杆上继续启程。石榴简直就是难以抗拒的诱惑，能让漂泊在外的游子乐不思蜀，甚至迷失自我。下次你漂泊在外想家时，吃个石榴试试，石榴的美味也许能让你快乐起来。

生活中，人们常用“石榴裙”来形容女性。美好的东西经常会和

女性联系在一起。“石榴裙”由来较早，梁元帝萧绎（萧绎自号金楼子，是南兰陵即今天的江苏常州人，梁武帝萧衍的儿子，简文帝萧纲的弟弟，也是个才子）《乌栖曲》中有“芙蓉为带石榴裙”。唐朝妇女喜爱色如石榴花的大红裙子，一说红色的染料是从石榴花中提取的，后来“石榴裙”泛指美丽的女性。历史上有无数男士“拜倒在石榴裙下”。李隆基算一个，但杨玉环的石榴裙再美，到头来也不过是“宛转蛾眉马前死”。武则天也有条石榴裙，她还写过一首诗，泪滴石榴裙以寄托相思。西安法门寺地宫当年还出土过一条石榴裙，也许就是武则天的遗物，当然早已不见当年的红艳。

福建、广东等地有番石榴，与这个石榴没有亲缘关系，石榴是石榴科石榴属，番石榴是桃金娘科，原产于美洲。

荷花

亭亭玉立性高洁

“江南可采莲，莲叶何田田。”“采莲南塘秋，莲花过人头。”虽然荷花遍布我国大江南北，但它仿佛成了江南的符号。美丽的江南女子采莲图，“乱入池中看不见，闻歌始觉有人来”，是何等的美妙。西湖以“十里荷花”著称，“接天莲叶无穷碧，映日荷花别样红”，据说金主完颜亮十分羡慕柳永笔下西湖的“三秋桂子，十里荷花”，

“遂起投鞭渡江之志”，隔年以六十万大军南下攻宋。一句词引起一场战争，这当然有点夸张。

荷花又名莲花，其他别称也很多，未发（花苞）为菡萏，已发为芙蓉，也称芙蕖、凌波仙子。《诗经》中描述“山有扶苏，隰有荷华”“彼泽之陂，有蒲与荷”。荷花以“出淤泥而不染，濯清涟而不妖”（周敦颐《爱莲说》）的高尚品格，享有“君子之花”的美誉，历来为古今诗人墨客歌咏，也是绘画的题材。

虽然周敦颐说荷花“中通外直，不蔓不枝，香远益清，亭亭净植，可远观而不可亵玩焉”，但荷花自古也与人很亲近。沈复的《浮生六记》记载，芸娘在荷花初放时，用小纱囊撮茶叶少许，置花心，荷花晚含而晓放，明早取出，用天泉水泡之，香韵尤佳。芸娘还会莳养碗莲，将老莲子两头磨薄，放入蛋壳中让鸡孵化，小鸡孵成时莲子也即萌芽，取出后用经年的燕巢泥加天门冬十分之二，捣烂拌匀，植于小器中，灌以河水，晒以朝阳，“花发大如酒杯，叶缩如碗口，亭亭可爱”。现在也有不少人种碗莲，恐怕也没人能达到芸娘的境界。

荷叶刚出水，谓之“荷钱”，即可点缀绿波，等到圆圆大大的叶子擎出水面，像一把绿色的小伞，有风即飘摇，无风亦袅娜，未开花已先享无穷逸致。迨菡萏开放，出水芙蓉，亭亭玉立于水面及碧绿的荷叶之上，真可谓婀娜多姿。荷花多为粉红色或白色。及花既谢，花瓣飘落留下莲蓬，蓬中莲子悄然长成，既可观赏，更可食用。即使是陷于污泥中的莲藕，也是难得的美味。霜中枯叶，依旧可以“留得枯荷听雨声”，也可以采摘以备经年裹物之用。荷叶清香，既可药用，又可作为烹制食物的辅料，如荷叶鸡。荷花的妙处，岂是其他花卉可比的?

在古代江南风俗中，花也有生日，农历二月十二（一说二月十五）为百花生日，称为“花朝”。农历六月二十四日为荷花的生日，所以荷花也称为“六月花神”。苏州等地每年农历六月二十四日为“观莲节”，人们成群结队去观赏荷花，场面热闹，有的地方晚上还要“放荷灯”。荷花也是中国十大名花之一。

荷花值得我们学习的地方，不仅是“出污泥而不染”，还有它顽强的生命力。荷花的历史可比人类悠久多了，它生长在恐龙时代，至少在人类产生的1亿年前就已生存在这个星球上了，经过了多少次地球的灾难，活到了今天，它是最早的被子植物，绝对是活化石。所以，别小看任何一种植物，它可比作为“宇宙的精华、万物的灵长”的人类要顽强，假如再有一次毁灭性的灾难，也许它还能存活，而人类就很难说。

荷花在我国传统文化中有很好的寓意，“荷”，谐音“和”，代表了中国文化的核心“和”“合”“和为贵”；“莲”象征“莲（连）年有鱼”。莲花在佛教中有特殊的含义，是佛教的象征物，佛祖释迦牟尼出生时，步步生莲；菩萨坐的是莲花座，菩萨细长的眼睛称为“莲眼”。荷花是印度的国花。

常州校区的小池塘，江宁校区的廉池，都有荷花亭亭，荷风四面。

睡莲

白天开放夜闭合

睡莲是莲花吗?

睡莲不是莲花，睡莲就是睡莲。

莲花就是荷花，荷花就是莲花，它俩是同一种花，但“荷”“莲”有时可以互换，有时却不能，如荷花谢后结的是莲蓬、莲子，从不叫“荷蓬”“荷子”，长在淤泥中的根茎叫“莲藕”却不叫“荷藕”。

睡莲与莲花是同一科的两个属，同属睡莲科，但莲花是莲属，睡莲是睡莲属。它们的区别还是不少的。

叶子：睡莲的叶子不是全圆，有一个V字形的小缺口，荷花的叶子没缺口。另外，睡莲的叶子几乎是贴着水面的，荷花的叶子擎出水面，像水面上撑起的一把把小伞。睡莲的叶子比荷花的叶子小。

花：睡莲的花最大的特点是，白天开放，晚上闭合，开败后潜入水下，好像它要“睡觉”了，所以叫睡莲吧，荷花不“睡觉”；睡莲的花也是几乎贴着水面，或高出水面一点点，荷花的花则出水很高，亭亭玉立；睡莲的花小，荷花的花大；睡莲的色彩更丰富，有白睡莲、紫睡莲、粉睡莲、红睡莲、黄睡莲等，荷花常见的以粉、白为主。

花期：睡莲的花期较长，为6—10月，荷花主要在7—8月开放。

食用：睡莲的茎不能吃，也不结莲蓬和莲子，也没有莲藕。

我的解释虽然不一定很专业，但比较好懂。

我们难得有机会一睹印象派画家莫奈的名画《睡莲》的真容，那就欣赏现实中的睡莲绽放吧。常州校区西部靠近文体馆的小池塘里，每年有一池睡莲等你来欣赏。

楝树

小雨轻风落紫花

春夏之交，楝树一开花，空气中就弥漫着苦苦的清香，老远就能闻到。楝树，又叫苦楝树、紫花树等。树形高大，枝叶清俊。树叶是羽状复叶，十分秀丽。楝树花是一束一束的紫花，由无数小小的紫花组成，那种紫色浅浅的，很淡雅，很美。高大的楝树开满了一树浅紫色的花，因树高花小，远观像紫色的雾，朦朦胧胧，加上幽幽的香味，给初夏的大地营造出一种浪漫的氛围。一阵雨过后，地上落了一层浅色的小花，好一个“小雨轻风落楝花”。紫花褪去，一串串圆圆的楝树果便长出来了，开始是绿绿的，到秋天慢慢成了黄色，并经冬不凋。冬天，树叶都已掉落，只剩下一串串金黄色的果子，尤其是下雪天，在白雪及蓝天的映照下，有一种孤独的美，那意境，入诗入画最好不过。在农村，楝树果还是小朋友的玩具，是调皮男孩们开仗的武器。

楝树的果、树皮、树根皆可入药。根皮煮水喝可以驱虫。以前有些人没有钱买药，经常用些土方，有一定的疗效，但也有危险性。我老家村上就有个略懂医术的人，用楝树根煮水给小孩驱虫，结果药量没控制好，那个原本聪明伶俐的孩子就成了聋哑人，真是可惜。

楝花，开于春末夏初，是江南二十四番花信风之尾。《花镜》上说：“江南有二十四番花信风，梅花为首，楝花为终。”楝花谢尽，花信

风止，便是绿肥红瘦的夏天了。我喜欢王安石的《钟山晚步》：

小雨轻风落楝花，细红如雪点平沙。

槿篱竹屋江村路，时见宜城卖酒家。

多么美的意境啊，写的就是这个季节。

但有些人不喜种它，因苦楝与“苦恋”同音，不吉利。其实，现在某些人还不是苦恋情爱、苦恋金钱、苦恋权力？苦恋执念，放下自在，只在自己一念之间，与树何干？

楝树是乡土树种，小时候常见。当我偶然在常州校区驾校后面发现一棵高大的开满紫花的楝树时，一种久违的亲切和喜悦涌上心头。

艾草

奇特芳香能避疫

艾草，又名艾叶、艾蒿，它所产生的奇特芳香，可驱蚊蝇、虫蚁，净化空气。

“清明插柳，端午插艾”是一大民俗，“端午插艾”有什么讲究呢？这首先要从端午节说起。好多人提起端午，都道是纪念屈原的，其实端午的习俗来源更早。农历五月俗称“毒月”，农历五月五日为“阳极之日”，阳气极盛必然会产生“热毒”，此时天气渐热进入夏季，蚊蝇滋生，百病易生，是灾疫流行之时，不利于身体健康，扰乱家宅的平安和谐。所以，在端午节前后，辟邪避疫成了头等大事，于是有着“特异功能”的植物大拿——艾叶、菖蒲就出场了。据南朝宗懔所著《荆楚岁时记》记载，每逢端午节这一天，人们就把艾草扎成人形，或编织成虎形，称为“艾虎”。妇女们在端午节这一天把“艾虎”别在发际，男人则将“艾虎”佩戴在胸前或挂在腰间，小孩则用五彩线条绑在手臂上，称为“长命缕”，有“令人不病”的作用。

还有一种艾草，植株比较矮小，也叫小艾蒿、小叶艾草，有香气，可以食用。清明前后，人们采摘它和糯米一起制成“蒿子糍粑”，寓意食后可“攘病保安康”。我没有吃过“蒿子粑粑”，倒是吃过蒿草汁和糯米粉做的青团子，很清香。这种蒿草与艾叶还是有区别的。艾

叶是很苦的，所以也叫苦艾。

中医以艾入药，将艾叶加工成“艾绒”，是艾灸的重要药材。《本草纲目》记载有蕲艾，湖北蕲春产的艾叶质量很好。《本草纲目》说，艾能灸百病。小时候爷爷劳动归来，总会拔一把艾草，晒干。夏日的夜晚，大家在外面乘凉的时候，点燃艾草，随着烟雾飘散，一股浓浓的艾香味弥漫开来，蚊虫也被熏跑了。艾灸历史悠久，现在仍然很受欢迎。陈年艾叶泡脚能驱寒湿。艾叶还有止咳的作用。有一次，我感冒咳嗽很严重，吃了些药也不管用。我家的钟点工小张来打扫卫生，听我咳得厉害，就跟我说，她的家乡安徽农村感冒咳嗽都用艾草煮水喝，很有效。我将信将疑，决定试试。当时居然没想到去中药店买，在小区及周边公园里找了一圈也没有找到艾草，第二天偶然去一个农场，看到一大片艾草，喜出望外，拔了一大把回来，当天就用它煮水喝，苦苦的，仅仅喝了两天，每天早晚各一次，咳嗽居然好了，感觉好神奇。我把剩下的一半给小张，她当宝贝一样拿回去了。但这个只是一次个人经历，没有经过科学验证，不推荐大家尝试。

关于艾草的起源，据说是武王身边的名医萧艾发现了这种野草的药用功效，遂以他的名字命名此草。艾草的适应性很强，农村路边常见。艾文化源远流长，《诗经·王风·采葛》中有：

彼采艾兮，一日不见，如三岁兮。

《诗经》中的国风是民歌民谣，这里以植物起兴，可见艾草在古代是与人民生活密切相关的。然而在《楚辞》中，艾却被视为恶草，如《离骚》中“何昔日之芳草兮，今直为此萧艾也”，也许是艾草有药味，且农村野艾到处蔓生，侵占农田的缘故吧。

菖蒲

古人眼里是神草

菖蒲与艾叶一样，也是端午节的必备道具。江南人家每逢端午时节，会把菖蒲和艾草扎在一起，插在门窗上或悬挂于檐下，以祛避邪疫；夏秋之夜，燃菖蒲、艾叶以驱蚊灭虫。菖蒲也是芳香性植物，它特殊的气味可驱蚊虫，但如果仅仅是这样，有艾草就够了，关键是菖蒲的叶片像一把宝剑，古代方士称为“水剑”，民间便赋予它驱邪的神奇功能。

菖蒲又名白菖蒲、藏菖蒲，是菖蒲科菖蒲属植物，原产于中国和日本。它生长在水边，是水生植物，能净化水质和空气，而且叶形似剑，线条流畅，叶色翠绿，生机盎然，具有较高的观赏价值。菖蒲属中还有一种植物叫石菖蒲，常被做成盆景，古人莳养石菖蒲，居然能将它养成袖珍型，“以砂栽之，至春剪洗，愈剪愈细，甚者根长二三分，叶长寸许”。经过文人莳养，盆栽石菖蒲造型更加别致，俊秀飘逸，身姿不凡。可别小瞧它，它与菊花、兰花、水仙并称“花草四雅”，经常充当文人书房中的雅物呢。挑灯夜读，如果没有红袖添香，有一盆石菖蒲作伴，也是极有情调的。文人喜爱石菖蒲，还有一个原因是石菖蒲很少开花，甚至有“不逢知己不开花”之说，这个符合读书人孤芳自赏的品性。我也想入手一盆，但又担心养不好，对自己的养花水平信心不足。

沈复《浮生六记》中，芸娘就将菖蒲子“用冷米汤同嚼喷炭上，置阴湿地，能长细菖蒲；随意移养碗中，茸茸可爱”，想起她的自担炉火，对花热饮，芸娘真可谓“最可爱的女子”，不要说男人，我见犹怜呢。

在古代人眼里，菖蒲可不是一般的草，它是神草。《本草纲目》中载《典术》云：“尧时天降精于庭为韭，感百阴之气为菖蒲，故曰尧韭。方士隐为水剑，因叶形也。”传说中菖蒲还是长寿之物，据传吃菖蒲的根可以长寿，因而菖蒲被称为“神仙草”。《神仙传》中说有人常年吃菖蒲的根而长生不老成仙了，这更使菖蒲带上一种神秘的色彩。这个当然不可信，这世上哪有长生不老的人呢！菖蒲的根可药用但有毒，是中国植物图谱数据库收录的有毒植物，全株有毒，根茎毒性较大，口服过量时会产生强烈的幻视，所以千万不可瞎吃。

香蒲

叶片细长韧如丝

香蒲也叫水烛、蒲草。要说明一下，香蒲与端午节和艾草一起挂的菖蒲不是同一种植物，甚至不是一家的，虽一字之差，但差得较远。香蒲是香蒲科，菖蒲是菖蒲科；香蒲虽名为“香蒲”，却无香气，菖蒲倒有香气；香蒲的叶细长，较软，菖蒲的叶剑形，较硬；香蒲的花像蜡烛，黄褐色，菖蒲的花更像一根细细的玉米棒子，黄绿色。常州校区小池塘里、江宁校区的廉池里，都有香蒲。

虽然水烛是香蒲的正名，但我更愿意叫它蒲草，韧如丝的蒲草，因为对一首诗印象深刻，那就是《孔雀东南飞》中刘兰芝在投水前对丈夫焦仲卿所说的“君当作磐石，妾当作蒲苇。蒲苇韧如丝，磐石无转移”。（蒲苇，即蒲草。）早在《诗经·王风·扬之水》中就写到蒲：“扬之水，不流束蒲。”

夏天蒲草会长出像蜡烛一样的东西，这是它的雌花序，初为黄绿色，而后颜色慢慢变深，到秋天就成了黄褐色，长在一根细梗的顶端，有点像池塘里长的一根根烤香肠。到了仲夏时节，蜡烛状的蒲棒还会释放出大量的黄色花粉，在中药里称作“蒲黄”。民间点燃这个“蜡烛”来驱蚊虫，小朋友们常拿它当武器，但这个“蜡烛”有时也会一不高兴就炸毛。这是因为蒲棒一旦成熟，就会开裂，释放出许多白色

绒毛，这个被称作“蒲绒”，可用作枕头、被子、衣服等的填充物。蒲绒不仅柔软保暖，而且防水性好，即使长时间在水下浸泡仍有浮力。据说在第二次世界大战期间，美国海军就曾以轻便防水的蒲绒作为救生衣和航空夹克的填充物。

包裹在蒲草中间的“嫩芯”被称为蒲菜，也叫蒲笋、草芽，是少有的时令美味，我每年春天都会买几次，炒鸡蛋特别香。“蒲菜炒蛋”“开洋蒲菜”是淮扬菜中的传统名菜。蒲草用于食物的记载较早，《诗经·大雅·韩奕》中有“其肴维何？炰鳖鲜鱼。其蔌维何？维笋及蒲”。可见笋与蒲是蔬菜中的上品。汪曾祺在小说中写到过一种家乡高邮的美食——蒲包肉，将肉剁碎后装进用蒲草编成的小袋子里煮熟，吃起来有蒲草的清香。

蒲草的叶子细长有韧性，是造纸的好原料，还可以编织蒲席、蒲团、蒲包、蒲鞋等。蒲包现在已淡出大家视线，以前可是最常见的盛物工具，可以用来装盐、粮食、水果、蔬菜等。蒲包洇水后柔韧结实，用来装水果、蔬菜、肉食等还有一定的保鲜作用，关键是与今天的塑料制品相比，它生态环保。常州古镇焦溪以前编织的蒲包远近闻名，生意做得很大。

萱草

可观可食忘忧草

萱草又名“忘忧草”“金针”“黄花菜”等，也是《诗经》中写到的植物。《诗经·卫风·伯兮》：“焉得谖草，言树之背。”朱熹注曰：“谖草，令人忘忧；背，北堂也。”古时候当游子要远行时，就会先在父母居住的北堂前种下萱草，希望减轻母亲对孩子的思念，忘却烦忧，所以，萱草也是中国的母亲花。唐代孟郊《游子》诗云：

萱草生堂阶，游子行天涯。

慈母倚堂门，不见萱草花。

这花听起来这么有文化，其实它也很接地气，很多人都吃过一种黄花萱草，就是“黄花菜”，或叫“金针花”。黄花菜也是以前常见的野菜，《西游记》第八十六回中，被孙悟空救下的樵子为答谢他们做的一桌野菜宴中，第一个提到的就是“嫩焯黄花菜”。去年春节前，学校工会还发过几袋，购自学校结对扶贫地陕西石泉县。黄花萱草叶细长，花黄色，似百合花，因为它就是百合科的。新鲜的金针花有微毒，含有一种叫秋水仙碱的物质，要用水焯过才能少量食用。金针花要在含苞待放时采下，晒干，吃时用水泡开。记得我生完小孩后，婆婆隔三差五就做黄花菜烧鸡蛋给我吃，说对产妇好。我相信《诗经》中的萱草一定就是这个品种，既可以观赏，又可以食用。

萱草还有一个名称可能大多数人不知道，叫“宜男草”。《风土记》记载：“怀妊妇人佩其花，则生男。”现在不会有人想要试一试了吧？据说以前很多人试过了，但那只是个传说，书不可尽信。

萱草现在有很多新品种，常州校区师泽亭东面种了一片，有个好听的名字，叫“金娃娃”，花色橘黄，花朵饱满，不似黄花菜瘦长。这是观赏品种，不能吃哦。江宁校区东操场西小土坡上也有萱草。

合欢

解愠成欢叶夜合

走在校园里，一丝清香飘来，抬头发现，合欢花又开了。合欢，这名字多喜庆。合欢又名马缨花、绒花树。其花如丝，清香扑鼻，花开季节，远观是一片朦胧的粉红，灿若云霞，细看是一丝丝绒毛组成一把精致的小伞，袅娜枝头，飘逸脱俗。

合欢的花与叶，似乎自带一种仙气，秀丽飘逸，超凡绝尘。合欢的叶是羽状复叶，片片相对，而且昼开夜合，一到夜晚它的复叶就会闭合，两两相合，所以又称“合昏”“夜合”。传说合欢花是舜和娥皇、女英的精灵合二为一化成，这自然是人们臆想的神话，但人们还是愿意用这昼开夜合、相亲相爱的花儿，表示忠贞不渝的爱情。清代大才子纳兰性德有诗云：

惆怅彩云飞，碧落知何许？
不见合欢花，空倚相思树。

清代的风流才子李渔在《闲情偶寄》中云：

“合欢蠲忿”“萱草忘忧”，皆益人情性之物，无地不宜种之。然睹萱草而忘忧，吾闻其语矣，未见其人也。对合欢而蠲忿，则不必讯之他人，凡见此花者，无不解愠成欢，破涕为笑，是萱草可以不树，而合欢则不可不栽。

他说："此树朝开暮合，每至昏黄，枝叶互相交结，是名'合欢'。"所以，他建议最好将合欢种在闺房，此所谓"合欢之花宜置合欢之地"，所谓人花两相宜也。古代有一对夫妻，妻子每年端午时节都会采些合欢花，置于枕头里。丈夫心情不好的时候，妻子就拿少许合欢花放在酒里，让丫鬟送给他喝，丈夫喝完心情大好。现在可能有人会怀疑，究竟是合欢花让他心情好，还是酒呢？

或许，"合欢"之名并非虚妄。《本草纲目》记载合欢皮"安五脏，和心志，令人欢乐无忧"。中医认为它的树皮有药用价值，确实有解郁安神之功效，可以缓解忧郁失眠。难怪嵇康《养生论》云："合欢蠲忿，萱草忘忧。"古人还认为用合欢赠人，可以消怨和好，所以如果你和小伙伴闹矛盾了，赶快去送一把合欢花吧，这样便可重归于好啦。不管怎么说，看到这么美的花，心情也应该会好一点吧。

合欢的寿命有限，相关资料说合欢树活不过50年。常州校区至正楼前的合欢花开得不如以前好了，不知道是不是它们已经老了？但合欢的繁殖能力特别强，种子落地长出小树，枯死的老根上蘖生新枝，过两年又很快亭亭如盖矣，真可谓生生不息！

栀子花

素素白白纯纯爱

校园的栀子花一开，毕业季也就到来了。伴随着栀子花袭人的花香，是那一丝淡淡的离别的忧伤。十多年前一首歌曲《栀子花开》，让栀子花也承载了多少学子毕业季的心情，时至今日，那熟悉的旋律依旧能勾起许多人青涩的回忆。栀子花的花语是“永恒的爱与约定”，也仿佛是学子对母校的感情。

今天不说离别，说栀子花。

栀子花为常绿灌木，一年四季枝繁叶茂，人们最爱的当然是那素素的白花和浓浓的花香。栀子花的白，在碧绿的叶子间很是醒目，冰清玉洁。栀子花馥郁的芳香，在远远的地方都能闻到。想到陆游诗句“花气袭人知昼暖”，《红楼梦》中的丫头袭人的名字，就是宝玉根据这句诗取的，因为她姓花。我总觉得最配这句诗的，不是诗中的梅花，而应是栀子花。南京街头经常有人卖栀子花，五六枝扎成一小把，五元钱，虽然没有“栀子花，白兰花……”的叫卖声而少了点情调，但我见到一般都会买一把，可以香好几天呢。自从有了露台可以种花，我首先想到要种的就是栀子花，现在我种的栀子已经开花了。

好多诗人都写过栀子花的诗，杜甫、李商隐还不止一首诗写栀子花呢，刘禹锡的《和令狐相公咏栀子花》：“蜀国花已尽，越桃今已

开。色疑琼树倚，香似玉京来。且赏同心处，那忧别叶催。佳人如拟咏，何必待寒梅。”在他的诗中，栀子花洁白如琼花，宛如佳人。杜甫的《栀子》诗，质朴清新，一如栀子花的清香，也有孤芳自赏之意。诗云：

栀子比众木，人间诚未多。
于身色有用，与道气相和。
红取风霜实，青看雨露柯。
无情移得汝，贵在映江波。

不过，栀子最早出名并不是凭着香香的白花，而是凭它的果实。栀子栀子，重点在“子”。栀子果实为什么引人注目呢？因为，它自古就被作为染料。果实成熟时变成橙黄色，是天然的黄色染料，还有药用价值。栀子的名字的由来，也与果实有关，李时珍在《本草纲目》中写道：“卮，酒器也，卮子象之，故名，今俗加木作栀。”他认为栀子果实像古时的酒杯“卮”。今天我们熟悉的是供观赏的大花栀子，以果子出名的是单瓣的栀子。

宋朝的时候，人们模仿栀子果的形状和颜色，制作了一种灯，叫栀子灯，摆放在酒店门口，在《清明上河图》中可以找到好几个。

白白纯纯的栀子花，在古代也许并不纯洁。古代勾栏瓦肆的歌伎才貌双全，大多卖艺不卖身，但门口挂着盖着箬盖的红栀子灯除外。

“栀子花开呀开，栀子花开呀开，淡淡的青春，纯纯的爱！”

紫薇

花枝乱颤百日红

与万紫千红的春天不同，盛夏至夏秋之交，绿树满眼，花儿较少，此时争奇斗艳的紫薇花就格外迷人。紫薇之于夏天，一如桃李之于春天，是一个季节的象征。俗话说：花无百日红。但紫薇就有“百日红”之称，可见花期之长。

紫薇春天抽出枝条，在枝条的顶端开出一串花来，花的颜色常见的有紫红、大红、桃红、白色等，远远看过去，一树开满了花，柔软的枝条随风摇曳，很是艳丽妩媚。有的花穗很大，枝条都被压弯成垂枝了。细观紫薇的单朵花却很有特色，花瓣薄薄的、皱皱的，弯弯曲曲地挤在一起，花瓣底部却像绳子一样细，不仔细观察根本看不出有几片花瓣，我可以负责任地告诉你——六片，因为我数过。花蕊很多，外围六根雄蕊长长地伸出并一律向中心弯曲，中间几十个小花蕊密密挨在一起，上面金黄色的花药特别显眼，肯定是为了吸引昆虫。花谢后结椭圆状球形蒴果。紫薇也是药用植物。

我们也叫紫薇“痒痒树”“痒痒花”，轻轻挠挠光滑的树身，花枝就会微微颤动，真叫“花枝乱颤”，不信你试试，反正我试过。所以，谁说植物没有知觉呢?

紫薇花是千屈菜科紫薇属的，原产于我国南方，自古便是名贵的树种，所以以前在乡野是没有这种高贵的花的，只有在公园里才

有，现在城里的小区绿化带等地都能见到。常州有个紫薇园，从别处移栽了很多很大的树龄很长的紫薇花，想必很值钱。我本人是反对这种移植大树的行为的。树龄百年以上的树很多都是野生的，它本来长得好好的，见证了几代人的兴衰荣辱，有些人为了一己私利挖了去卖，严重破坏当地的植被生态不说，好些树在移栽过程中死掉了，真是可惜。

唐代诗人白居易有诗《直中书省》，也名《紫薇花》，诗云：

丝纶阁下文章静，钟鼓楼中刻漏长。

独坐黄昏谁是伴，紫薇花对紫薇郎。

这首诗很有名。唐玄宗时将中书省改为紫微省，紫微省当然要种植紫薇花。“紫薇郎”即中书侍郎紫微侍郎的简称。这首诗是白居易在中书省值守时写下的。白居易 29 岁中进士，曾担任秘书省校书郎，隶属中书省，所以自称“紫薇郎”，他在另一首诗中也写过“紫薇花对紫薇翁”。还有一个诗人也有“紫薇”之称，是杜牧，他也当过中书舍人，因此被称为“紫薇舍人杜紫薇”。他写过一首紫薇花的诗：

“晓迎秋露一枝新，不占园中最上春。桃李无言又何在，向风偏笑艳阳人。”赞美紫薇不争春。

中书省改为紫微省，与天上的“紫微垣”有关。“紫微垣”也叫“紫微宫”，在北极星附近，是三垣的中垣，天帝居住的地方。这同名的星和花有什么关系呢？传说远古有个怪兽经常残害生灵，天上的紫微星下凡将它锁进深山，只准它一年出来一次，这个怪兽的名字叫“年”。紫微星为了守护人间，化作紫薇花。所以如果你生活的地方开满了紫薇花，就如同有神灵护佑。

河海校园里也有很多紫薇花，常州校区为学楼里有个区域叫“夏景紫云”，以种植紫薇花为主，白居易有诗云：“独占芳菲当夏景，不将颜色托春风。”

广玉兰

花色洁白形似荷

作家陈荒煤写过一篇《广玉兰赞》，将广玉兰的花开花落写得生动形象。广玉兰四季常绿，树形高大挺拔，花色洁白，形似荷花，故又称“荷花玉兰”。

广玉兰与白玉兰虽然都开着大大的白色的花，但两者区别还是很明显的：白玉兰先开花后长叶子，所以可看到一树白色的花，很夺目；广玉兰的花没有那么密，一朵一朵地开在绿色的叶子中间。两种树叶子都大大的，形状也相似，是椭圆形的，但白玉兰的叶子绿色较浅，而广玉兰的叶子正面是深绿色的，背面浅褐色，革质，泛着亮光，有一定的厚度，有点像皮革。白玉兰早春开花，而广玉兰要到5—6月份开花。当广玉兰在枝头悄然绽放的时候，校园里就弥漫着淡淡的香味及淡

淡的离别的忧伤，因为这个时候，又是毕业生离别母校的时候了。

广玉兰是常州的市树，我不知道当时是基于什么考虑确定的。此树原产于美洲，并非常州本地树种，与常州也无多少渊源关系，为何会定为市树呢？广玉兰也是合肥的市树，此树与合肥倒颇有渊源。合肥城里有许多高大的荷花玉兰，树龄都在一百年以上，这些树与李鸿章有关。当年中法战争淮军将士奋勇杀敌，浴血奋战，取得大捷。慈禧太后很高兴，要论功行赏，但李鸿章怕招致嫉恨，不敢要高官和金钱的赏赐，但也要给淮军将士一个交待。此时正好宫里有 108 棵荷花玉兰，于是李鸿章提议将这些名贵的树作为封赐，栽种到淮军的家乡。李鸿章死后人们在他的享堂也种了两棵荷花玉兰。100 多年后，荷花玉兰也成了合肥的市树。

校园里广玉兰树很多，常州校区英才楼北有两排，西康路校区友谊山上的几棵应该有几十年树龄了，高大挺拔，生机勃勃，江宁校区辽河路边也有。

夹竹桃

美丽有毒生花竹

看过电视剧《甄嬛传》的观众一定对夹竹桃印象深刻，在宫斗剧中，夹竹桃经常是杀人于无形的凶器。夹竹桃与曼陀罗一样，是美丽而有毒的植物，花、叶、茎、树汁都有毒，且毒性很大，误食能致命。所以，请珍爱生命，远离夹竹桃。

但夹竹桃的颜值太高，一点不怕没人欣赏，而且夹竹桃很常见，是大家很熟悉的植物，我们校园里也有好多：西康路校区档案馆门口有几棵很大的夹竹桃，白的洁白，红的嫣红，很是抢眼；严恺馆西面有好几棵白色的；常州校区图书馆周边也有好多，树龄已有二十多年，长得很高大，年年开花很茂盛；江宁校区叠翠山上、西操场边也有。公园、小区、公路两边的绿化带经常有它，沪宁高速的两边就种了很多，它这么受欢迎自有它的妙处。

夹竹桃叶似竹，花似桃，实际上非竹非桃，是“假竹桃”，叶也似柳叶，又名柳叶桃、柳叶树、洋桃等。清代才子李渔认为“夹竹桃”花是可取的，但命名不好。“以竹乃有道之士，桃则佳丽之人，道不同不相为谋，合而一之，殊觉矛盾。请易其名为‘生花竹’，去一桃字，便觉相安。”我觉得他说得有道理，“生花竹”这个名字确实雅些。松、竹、梅三友，松有花、梅有花，唯竹花难见，以此补之，岂不美哉？

常见的夹竹桃有红、白两种颜色，听说还有黄色的，但我没见过。红色的夹竹桃颜色很像桃花，但花形不太一样，夹竹桃有个漏斗状的花筒，在枝头一开一簇，很是艳丽，红白两色相间更是绚丽多姿。最主要的是，夹竹桃花期特别长，从 5 月开到 11 月，在南方甚至终年开花不绝，一朵开罢又一朵，一簇开罢又一簇，似乎没有尽头，有时整株开满了花，非常漂亮。成排栽种的话，看过去就是一面美丽的花墙。夹竹桃的枝叶也非常茂密，对空气中的粉尘、有害气体有很好的吸附作用，可以净化空气。经常见到公路两旁的夹竹桃叶子落满灰尘，却一点也不影响它的蓬勃生机，所以夹竹桃被称为“环保卫士”。而且种植也非常省心，只要每年修剪一下，不用特别管理。

虽然夹竹桃是危险植物，但你不去招惹它就好了，尽情欣赏，别总想着“好花堪折直须折”。

藜

藜，这个名字看着生疏，其实是比较常见的一种植物。换一个俗名也许你就知道了，它也叫“灰菜”“灰蓼头”，因为它的叶子上通常有一层“灰”状物，用手摸过后会粘在你手上。有的叶子还会呈紫红色，所以有的地方也叫“红心菜”。这也是春天里的一种野蔬，嫩茎叶可以食用，我小时候吃过，味道有点像苋菜，古人也常称“藜苋”。“藜藿之羹”是指很粗粝的食物。这种草田间路边很多，荒田里尤其多，校园空地花前树下经常能见到。今年家里入手一盆蜡梅，没养活，花盆里却长出许多藜，有十几棵，我就留着它，看它一天天长大，长了满满的一盆，现在长得很高并已经开花了。它小小的黄绿色的花不会引起任何人的注意，平凡得不能再平凡，但别小看这些不起眼的植物，它在荒年曾救过不少人的命呢。

虽是平常野草，也是有文化的。《诗经·小雅·南山有台》中有一句“南山有台，北山有莱”，其中的“莱”就是指藜。因为藜常生长在荒田里，所以在诗词中也指田园荒芜，如杜甫的《无家别》：“寂寞天宝后，园庐但蒿藜。”

看到这个“藜”字，我首先想到的是“藜杖”，藜杖是指藜的茎做的手杖。古城旁的一个小山村，夕阳斜照，雨后清凉，一个老翁，

拄着藜杖，转过村口，慢慢走来。这是苏轼在小词《鹧鸪天》中呈现的情景：“村舍外，古城旁，杖藜徐步转斜阳。”藜杖在古诗文中经常出现，《晋书·山涛传》中魏帝赠给山涛母亲一根藜杖。白居易的诗中说：“月明候柴户，藜杖何时来？”以藜杖代指拄藜杖的人。宋代僧人志南的一首绝句是很有名的：“古木阴中系短篷，杖藜扶我过桥东。沾衣欲湿杏花雨，吹面不寒杨柳风。”汉代刘向夜读，来了一黄衣神人，手拄青藜杖。此人点燃藜杖为他照明，并教他古书，所以“燃藜”有劝读之意。难怪《红楼梦》第五回中，贾宝玉看到宁府上房挂着一幅“燃藜图”的画，便心中不快要走。

藜可以长得很高，我见过最高的大概有一人高左右，但茎粗壮，木质化可以做手杖的还真不多见。

凌霄

喜欢攀援缘本性

喜欢舒婷的诗，她的《致橡树》中以攀援的凌霄衬托挺拔的木棉：

我如果爱你——
绝不像攀援的凌霄花，
借你的高枝炫耀自己。

不独舒婷这样写，清代常州诗人、史学家赵翼，就是写“江山代有才人出，各领风骚数百年”的那一位，也写过诗讽刺凌霄，“偏是陵苕软无力，附他乔木号凌霄”。“苕”是它最早的称呼，它的历史也是悠久的，《诗经·小雅·苕之华》：“苕之华，芸其黄矣……苕之华，其叶青青。”凌霄花在西周时期就已经被人欣赏，无需人们评论，也无论人们怎样评论，它自盛开，丝毫无损它的美艳和热情。

凌霄是攀缘植物，喜欢攀高枝，它的凌云之志要借助别人才能实现。但它也很谦虚，从来没有否认过这点，这是它的本性，攀援是为了展现与众不同的风采。所以人们将凌霄种在假山旁、墙根下、廊道边，任由它攀爬，在高高的枝头开出鲜艳的花朵，很是令人惊艳。凌霄的茎很细长，不能直立只能攀缘，它能生长出短短的气生根，帮助攀爬，并从空气中吸收养分。凌霄的花有点像喇叭花，红色或橙色，几朵开成一簇，热热闹闹的，从 5 月开到 8 月，是夏日里一道绚烂夺目的风景。常见的有中国凌霄、美国凌霄和杂交凌霄三个品种。凌霄花也有药用价值。

古代文人中也有赞美凌霄的。清代大才子李渔就种过凌霄，他在《闲情偶寄》“种植”篇中说：“藤花之可敬者，莫若凌霄，然望之如天际真人，卒急不能招致，是可敬亦可恨也。”他可谓凌霄的知音。

校园建筑物上攀爬的，除了爬山虎，还有凌霄，夏天开花季节，不难发现。西康路校区的凌霄除攀爬在多处建筑物上，档案馆前的台阶那里也有，常州校区为学楼里也有。

木槿

朝开暮落篱障花

江南漫长的梅雨季一过，进入夏天，木槿花就开了，一直到深秋初冬花事才了。《礼记》记载："夏至到，鹿角解，蝉始鸣，半夏生，木槿荣。"在《诗经》里，它有一个特别的名字——"舜"，《诗经·郑风·有女同车》曰"有女同车，颜如舜华"，以美丽的木槿比喻同车的女子。

在我的家乡虽然也能见到一些高大的木槿，但大多数时候，木槿是作为树篱种植的，因为它扦插就能成活，而且枝叶茂密，做篱笆最适合不过了，所以我们也叫它"槿树条""篱障花"。现在想来，乡间"茅檐土壁，槿篱竹牖"也是很有诗意的。木槿对环境的适应能力强，对土壤的要求不高，即使在贫瘠的砾质土中或微碱性土中，依旧可以正常生长。

我至今印象深刻的是，小时候经常采摘许多木槿叶子，揉搓出黏黏的汁液，用来洗头，洗过的头发柔顺润滑，胜过任何洗发水。现在知道，木槿含肥皂草甙，有清洁的作用。木槿的花可以吃，营养丰富，花、果、根、叶、皮均可入药。木槿也是"群芳"中栽培历史悠久、文化内涵丰富的植物，全世界共有木槿属植物200余种，我国虽只有24种，但却有扶桑、木芙蓉、吊灯花、黄槿、玫瑰茄等著名的观赏品种。

木槿花的一个特点是朝开暮落，又名“朝开暮落花”，一生只为一天的灿烂。“槿花一朝梦”，似乎有点伤感，其实夏天朝开暮落的花很多，如牵牛花、打碗花、太阳花、鸭跖草等，有的花只开几个小时，授粉任务一完成就闭合了。植物开花只为繁衍、生存，而看花的人却为它神伤。从另外一个角度来看，木槿每天开的都是新的，就像唐代诗人崔道融的《木槿》一诗中说的那样：

槿花不见夕，一日一回新。

东风吹桃李，须到明年春。

虽然一朵花的生命是短暂的，但它花蕾特别多，一朵接一朵，绵延不绝，从而有“无穷花”的美名。这也让我想到了人生，个体的生命虽然短暂，但“人生代代无穷矣”，又何必悲观呢？

木槿花有紫红色、浅紫色、粉色和白色，靠近花心为深红色，有单瓣，有重瓣。朝鲜半岛在古代被称作“槿域”，白色红心的木槿花为韩国的国花，白色花瓣象征公正、诚实和廉洁，红色花心象征热烈而执着。

木槿在河海校园里有零星种植，西康路校区水利水电学院旁边有一棵，常州校区师泽亭西小土坡上有两棵。

桑树

源远流长代故乡

桑文化源远流长，殷商时期的甲骨文中就有“桑”字，可见人们很早就种植桑树，桑叶养蚕，桑椹酿酒，桑木做家具。

《诗经》中记载的植物里，桑树出现的次数最多，《诗经·小雅·小弁》：“维桑与梓，必恭敬止。”古代人们在家前屋后种桑、梓二木，留给子孙，故以“桑梓”代指故乡。《诗经·小雅·隰桑》《诗经·卫风·氓》等，都写到桑树。《诗经·鄘风·桑中》：“期我乎桑中，要我乎上宫，送我乎淇之上矣。”寥寥数字，描写了男女约会的情景。可见桑林往往是男女约会的场所。

“桑”在古代还有特殊的含义，桑林也是祭祀的场所，《庄子·养生主》有农业丰收时“合于桑林之舞”的记载，《淮南子》记载，成汤苦于大旱，“以身祷于桑山之林”，桑树甚至被人们看作“东方神木”来崇拜。《孟子》有“五亩之宅，树之以桑，五十者可以衣帛矣”。因女子争桑叶，吴楚两国之间爆发了一场著名的战争。与“桑”相关的词语很多，如桑梓、桑榆、沧海桑田等，都可见桑在人们生活中举足轻重的地位。

当人们读到《汉乐府》的名篇《陌上桑》中的“秦氏有好女，自名为罗敷。罗敷喜蚕桑，采桑城南隅”，采桑女就定格为美丽聪明又

坚贞坚强的秦罗敷的模样。

乡间除了为养蚕种植的修剪得矮矮的桑林外，总能见到几棵高大条畅的桑树。小时候对桑树的熟悉主要是因为惦记桑椹，我们叫桑子，桑子成熟的季节，我们就爬到桑树上采桑子吃，满手满嘴乌紫，洗都洗不掉。

女儿小时候有一天放学时带回来一片桑叶，上面有一个个小黑点，是蚕子。小黑点开始蠕动，蚕宝宝慢慢长大，越来越多，几个鞋盒都装不下。我那段时间常随身带着一个塑料袋，到处找桑叶，每天下班前在校园里转悠，幸亏校园里有好些小桑树，可怜那些小桑树叶子刚长出来就被我薅光了。蚕宝宝长大后，我找来的这些野桑叶根本不够吃，真是着急。一个朋友知晓后，不知从哪里弄来一麻袋的桑叶，那种欣喜，无以言表。以至于我现在看到桑树都觉得挺亲切的。后来这些蚕都结了白白的茧子，再后来，有一天突然发现家里到处飞着小蛾子。

校园里经常会长出一些小桑树，那是鸟儿传播的种子。偶然发现常州校区厚德楼南有一棵较大的桑树，还结了不少桑椹，我随手拍下发在朋友圈。几个月后有一位教授微信联系我说，那棵桑树被修剪掉了，还发了照片给我。由此可见，好多师生都关注着校园的植物。不过好在它第二年又长出来了，比以前长得还好。

蜀葵

向着蓝天拔节长

蜀葵是比较平民化的花草，乡野路旁、房前屋后、篱笆角落，随处可见，公园里专门种植的倒不多。蜀葵的朴实一如农民，不挑剔环境和气候，无须特别打理，种子掉落在地上，小苗就会从土里钻出来，叶子大大的，春风一吹，春雨一下，便向着蓝天拔节生长，长成像哨兵那样高高的一排排。大麦成熟的夏季，它便热热闹闹地开起花来，每天以红彤彤的笑脸迎着你，并年年相伴，不离不弃。

从蜀葵的名字就知道，它原产于四川，又因其高丈许，花多为红色，所以别称“一丈红”。它植株挺拔，花色艳丽，坡地院落，不用细心呵护也能热烈盛开。黄蜀葵就是秋葵，吃上去黏黏的，《诗经·七月》中的“七月烹葵及菽”，“葵”指的就是秋葵。

蜀葵单朵花早开暮落，绚丽而短暂，正如唐代边塞诗人岑参的《蜀葵花歌》：

昨日一花开，今日一花开。
今日花正好，昨日花已老。
始知人老不如花，可惜落花君莫扫。
人生不得长少年，莫惜床头沽酒钱。
请君有钱向酒家，君不见，蜀葵花。

蜀葵花的花神，相传是汉武帝的宠妃李夫人。李夫人的兄长李延年曾为她写过一首极其动人的歌："北方有佳人，绝世而独立，一顾倾人城，再顾倾人国，宁不知倾城与倾国，佳人难再得。"可惜倾国倾城的李夫人红颜薄命，早早就去世了。有诗云："自惜倾城倾国身，幽姿独立汉家门。金风甫动即归去，懒共寒蝉泣晓昏。"

蜀葵直立向上，不枝不蔓，可长到比人还高；花期很长，可从夏天一直开到秋天；花朵大而艳丽，有红色、白色、紫色、粉色、黄色等，单瓣或重瓣；直立的茎杆上，自下而上开花，花盛时一枝开满了花，繁花似锦，热烈喜气。

蜀葵看似简单，却总能给人以惊喜，不仅花儿漂亮大气，它的嫩茎叶和花都可以食用，全身都有药用价值，可以说平凡而不平常。只要你留意，在校园的某个角落，你一定能见到它，美丽的蜀葵花。

一年蓬

蓬勃生命花清新

要说野草中美得让人过目不忘的，那一定是一年蓬了。每当夏天，行走在校园里，有时会被一两枝的白色的像小野菊花的植物吸引，乡间、野外或城市的空地上，往往能长成一片，它夏日里蓬勃的生命力总能感染到你。

一年蓬能长到一米多高，顶上分叉，每个叉枝顶上开出许多白色花瓣、黄色花芯的花。讲得专业一点，外面一圈白色或带点浅蓝色的是舌状花，是雌花，中间为圆圆的黄色或黄绿色的，是管状花，是两性的，共同组成一个头状花序，菊科植物都是这样的。细小的花朵清新淡雅，平凡真实，仿佛不事雕饰、素面朝天的邻家小妹。我很喜欢这花，遇见时会采一把回来插在花瓶里，给家带来生气。

一年蓬是菊科飞蓬属的，与它一个属的还有小蓬草、春飞蓬、苏门白酒草，我在校园里都见到过。一年蓬在秋冬长出幼苗，经过一个严冬的考验，第二年春天开始长高，夏天开花，从5月开到9月，然后种子成熟，带小冠毛的种子四处飘散，落地又发芽生长，又一个轮回开始。

一年蓬原产于北美洲，与一枝黄花一样是外来入侵物种，所以它有入侵物种的特点，长势凶猛，侵占其他植物的生存空间，作为田间

杂草要及早清除，如果等到它小清新的花开出来，人们总会多少有点不忍。一年蓬似乎也没有一枝黄花那么恐怖，这么多年来，基本已经与本地物种和谐共处了。它倒真的是“此地一为别，孤蓬万里征”。

一年蓬也称“野蒿”，据记载曾经被用来治疗疟疾，也叫“治疟草”。李白诗中提到的“蓬蒿”，是不是它呢？“仰天大笑出门去，我辈岂是蓬蒿人”，我在2019年毕业典礼作为教师代表致辞时，用这句诗来形容自信满满即将离别母校的学子，还收获了不少掌声呢。

车前

车辙印里也能长

今年寒假疫情期间重读了一遍《诗经》，当读到《周南·芣苢》这篇轻快的劳动抒情诗时，真有出门踏青采野菜的冲动。

采采芣苢，薄言采之。采采芣苢，薄言有之。

采采芣苢，薄言掇之。采采芣苢，薄言捋之。

采采芣苢，薄言袺之。采采芣苢，薄言襭之。

《诗经》中的“芣苢”，即车前草，是一种常见的野草，也是有名的中草药。

在农村长大的小伙伴们一定是很熟悉车前草的，当然不是因为《诗经》，也不仅因为它随处可见，而是因为它是我们的玩伴。谁小时候没玩过斗草的游戏呢。用草茎交叉后相互拉，草断为输。除了狗尾草、牛筋草等，韧性较好的是车前的穗，也经常被我们用作斗草的武器，它们承载我们一代人的童年回忆。晏殊有首《破阵子》不仅写到斗草，还写到不少植物、动物，词云：

燕子来时新社，梨花落后清明。池上碧苔三四点，叶底黄鹂一两声。日长飞絮轻。　巧笑东邻女伴，采桑径里逢迎。疑怪昨宵春梦好，元是今朝斗草赢。笑从双脸生。

车前草在野外随处可见，校园里也常见，以前走马车牛车的道路

上最多，车辙印里都能长出来，难怪它叫“车前”，它还有一个名字叫“当道”，还叫“蛤蟆衣”。车前草有宽大的叶片，叶脉清晰，还有细细的叶柄，从根上一根根长出，长成莲花形。春夏之交抽出长长的花穗，开花，结籽。

车前草受人们喜爱是因为它既是草药，又是野菜。《本草纲目》《救荒本草》中都有记载。车前的嫩叶可以食用，凉拌、炒食、做馅、做汤都可以，还是清热解毒、镇咳平喘、利尿等的良药。据说长在战车前的这个草，曾无意中治好了汉代名将马武部下将士和战马的尿血症，救了许多将士的命。

车前草据说还是“宜男草”，服食它的种子车前子，可以怀男宝宝，《诗经》中妇女采车前，是不是也有这个缘故呢？当然，这一说法完全没有科学根据。

我上大学时特别喜欢朦胧诗，有位苏州诗人笔名叫车前子，我还记得他的一首诗叫作《一颗葡萄》。这是三十多年前的诗了，真是一不小心就暴露了我的年龄。

打碗花

吹向蓝天小喇叭

这个名字有点意思，还有的花名字叫起来更亲切——“打破碗花”“打破碗碗花”，但它们和“打碗花”可是不同的花哦。

小时候奶奶看到我们采打碗花，就会说：不要采啊，采了要打破碗的呀。现在打破一只碗完全无所谓，以前打破碗可是大事，可能有人就没碗吃饭了，你们见过打补丁的碗吗？我想老人是想用这种方式让我们对这美丽的花儿多一份怜惜，对大自然多一份敬畏吧。

这种说法为打碗花平添几分神秘的色彩，仿佛它有灵性，你采我，我就让你打破碗儿，或者，那朵花和那只碗，它们之间有某种信息的沟通，只是我们不知道而已。有一种说法是它的苞片像两片打破的碗片，故名。

我小时候可不知道它的学名，不管是打碗花还是牵牛花，一律被我们叫成“喇叭花”，叫得很俗，其实人家也挺雅的，《诗经·小雅·我行其野》有“我行其野，言采其葍”的句子，其中的“葍”据说就是打碗花。打碗花的别名还有鼓子花，南宋辛弃疾的《临江仙》词写道：“鼓子花开春烂漫，荒园无限思量。”

打碗花是旋花科的，细细的茎匍匐在地，在叶子的腋下长出一朵花，长长的花梗将花托起，花儿呈喇叭状，比牵牛花略小，所以俗称

“喇叭花”，花朵是粉红色的，有的深，有的浅，像一个个小喇叭吹向蓝天。它柔弱纤细，灵动可爱，朝开暮落。这种草花乡野随处可见，生命力很强，印象中翻过地还没来得及种庄稼的地方最容易长，而且长得很快，几天就长出一片。常州校区月季园里每年都长出好多打碗花，迎着太阳张开一个个小喇叭。

打碗花嫩的茎叶和白色的根可以吃。拽住打碗花的根部轻轻一拉，就能将它的根拔出来，白色的长长的一条，像小女孩用来扎辫子的玻璃丝绳，洗干净在饭锅上一蒸，糯糯的，甜甜的，后来才知道，打碗花的根还是治病的良药。打碗花年年盛开，从夏天开到秋天，但故乡的人和事已渐渐远去，再也回不去了，满满的都是回忆。阻止我采花的慈祥的奶奶也已经离开我快 30 年了，我时常想起她。

鸭跖草

蓝花萤火两相映

小时候和鸭跖草联系在一起的，是萤火虫，因为鸭跖草草丛中萤火虫最多，仿佛白天鸭跖草蓝莹莹的小花，晚上变成了一闪一闪的萤火虫，那时并不知道这美丽小花的名字，我们就叫它“萤火虫草”。写到这儿让我怀念一下萤火虫。小时候，一到夏天家里就异常闷热，那时没有电风扇，空调更是听都没听说过。一到晚上，家家户户都把门板用两个长条凳一架搁在门口晒场上，小桌子、小凳子、竹榻全部搬出来，这是整个村子最热闹的时候，大人们摇着蒲扇聚在一起拉家常，小孩子们最爱追逐打闹，但此时已经洗过澡了，再出汗把身上弄脏是会挨骂的。此时我们最爱做的，是捉萤火虫。那时萤火虫很多很好捉，有时萤火虫会飞到我们身边来，用手一抓就抓到了，但要抓更多的就得去草丛中，抓到后放在一个玻璃小瓶里，睡觉时放在蚊帐里，一闪一闪微弱的光可以照明。有个成语“囊萤映雪”，说晋代有个叫车胤的人，晚上点不起灯，用萤火虫照着看书。我觉得玄，萤火虫的光没那么亮。据说隋炀帝晚上游山时，抓了很多萤火虫放在山里照明，萤火虫都被抓光了，我只能说，他真会玩。李商隐在《隋宫》一诗中讽刺他荒淫误国：“于今腐草无萤火，终古垂杨有暮鸦。”

现在已经很少能看到萤火虫了，前几天散步时看到小区草丛中有东西一亮，我惊呼：那是萤火虫！居然找到两只，久违的萤火虫。一次去句容宝华山搜集民间文学、民歌资料，晚上在山道两边的草丛中看到很多飞舞的萤火虫，心情真的很激动，仿佛回到了童年时光，还捉了一只放在手上看了半天。

萤火虫飞舞的时光正是鸭跖草盛开的季节，鸭跖草可以从夏天一直开到秋天。在树荫下阴凉处的鸭跖草会长得很茂盛，它的茎贴着地面，一边长一边分枝，节上会长出新根，很快能长成绿油油的一大片。分枝的顶端或茎节处开出一朵蓝色的小花。那种蓝是宝蓝色，非常鲜艳夺目。它的花也是朝开暮落，有时下午就凋谢了。

鸭跖草很有特色。我一天早晨散步时特意采了一朵插在小花瓶里，边看边写，发现以前对它的认识很多是不正确的。它的叶子像竹叶，所以它又叫“碧竹子”“淡竹叶”。它的花苞有点像微微张开的蚌壳，植物学上有个专有名词叫“佛焰苞”，花谢后苞片依然留着，种子就在里面。鸭跖草的花非常有特色，人们肯定是被它两片蓝色的花瓣吸引，像两个耳朵向上竖着，又像蓝色的小蝴蝶，所以它又叫“翠蝴蝶”。我以前也以为它只有两个蓝色花瓣，其实在两个蓝色的大花瓣后面，还藏着一片小小的白色花瓣，下面还有三片小小白色花瓣，这六个花瓣，不仔细看根本看不出来。花蕊比花更有特色，有六个雄花蕊，两个较长，四个较短，这四个短花蕊色泽金黄，每一个好像又有四个小花瓣，像四朵金黄色的小花。但这四个花蕊上面没有花粉，不具有繁殖能力，它们纯粹是为了吸引昆虫来为另外两枚雄蕊完成授粉。据说昆虫对红色和蓝色不敏感，但容易被黄色和白色吸引，所以红色和蓝色的花通常会有白色或黄色的花蕊。我就纳闷，鸭跖草那两枚有花粉的花蕊直接长成黄色好了，为什么要绕个弯，用四枚没有花粉的黄色花蕊来引诱昆虫然后顺便帮它授粉呢？搞不懂，自然界自有奇妙吧。

校园草地上，常见鸭跖草。

虞美人

好似美人翩翩舞

这恐怕是最好听的花名了，校园的花坛里经常能见到它飘逸的身影。“虞美人”，光听这三个字，就让人浮想联翩，要多美的花才能配得上这名字呢？等你看到花你就能明白，花比名字更美。无论是一枝的冷艳绽放，还是一片的绚丽多姿，它都是美到极致，它弱质纤纤，让人心生怜惜。虞美人的花瓣，薄如蝉翼，在阳光下是透明的，花朵长在长长的茎的顶端，轻盈袅娜，微风过处，似乎要像蝴蝶一样飘然欲飞。

关于这花有一个凄美的传说。西楚霸王项羽兵败，宠姬虞姬面对“虞兮虞兮奈若何”的悲叹，含泪悲歌：“大王意气尽，贱妾何聊生！”歌罢，拔剑自尽，香消玉殒。后来，在虞姬的墓上长出了一种草，无风自摇，似美人翩翩起舞，人们称之为“虞美人”。“霸王别姬”的故事流传千百年，令人唏嘘。李渔《闲情偶寄》说：“虞美人花叶并娇，且动而善舞，故又名‘舞草’。”说是有人唱“虞美人”曲，花枝就会随着旋律翩翩起舞。这个说法也不可考了，有几人会唱“虞美人”曲呢？

“虞美人”还是个词牌名，人们最熟悉的恐怕是李煜李后主的《春花秋月何时了》，我喜欢宋代蒋捷的《虞美人·听雨》：

少年听雨歌楼上。红烛昏罗帐。壮年听雨客舟中。江阔云低、断雁叫西风。　　而今听雨僧庐下。鬓已星星也。悲欢离合总无情。一任阶前、点滴到天明。

虞美人和罂粟很像，它们都是罂粟科的，一正一邪姐妹花，但千万别搞错了，错把罂粟当成虞美人种，可是违法的。虽然花和叶都挺像，但区别还是有的：总体来说，罂粟比较粗壮，虞美人纤细；罂粟的花瓣基部有深紫色的斑，虞美人的花瓣薄而纯粹；罂粟的植株无毛，有白粉，虞美人的植株有糙毛；罂粟的果实大，虞美人的果实小。

鸢尾

校园飞舞蓝蝴蝶

初夏，清晨的阳光晒在校园的草地上，唤醒一群蓝蝴蝶，它们是迷人的鸢尾花。从暮春到初夏，是鸢尾花开的季节。鸢尾，虽然名字洋气，却原产于中国，因花像鸢鸟的尾巴而得名。它叶片为剑形，花朵恰似蓝色的蝴蝶在层层叠叠的绿叶间飞舞，故又名“蓝蝴蝶”。

鸢尾的花瓣有着天鹅绒般的质地，有六枚，分为两轮，外轮的三枚较大，常常会向下反折垂下来，所以外轮花被片被称为“垂瓣”，内轮花被片较小，直立或者平展。

鸢尾属植物有着无比庞大的族群，这种美丽植物深受人们关注与青睐，在园艺学家们的努力下，每年都会有众多色彩万千的杂交品种问世，目前全世界的鸢尾属栽培品种已经达 7 万多个。它们更加美妙多姿，如彩虹一般变幻莫测，令人目眩神迷。我们通常见到的鸢尾花有四种，分别是鸢尾、德国鸢尾、黄花鸢尾和日本鸢尾。鸢尾是我国原产的植物，花朵不大，很精致，颜色通常是经典的蓝紫色。德国鸢尾原产于欧洲，花朵最大，花型最丰满，颜色也丰富，大多是蓝色的，也有浅黄色、淡紫红色等多种颜色。黄花鸢尾，也叫黄菖蒲，顾名思义，花朵是黄色的，通常长在水边等潮湿地带，池塘或者河道的沿岸。校园里池塘边栽种的就是黄花鸢尾。日本鸢尾的花朵是淡蓝色或者白色，个头比前三种要小，在外花被裂片的中央有一个明显的黄色斑块。校园路边树下也有栽种。各种各样的鸢尾花为城市和山野带来了彩虹一样的梦幻色彩。如果初夏没有鸢尾，该是多么的枯燥和单调。

鸢尾属的属名 Iris，这个词在古希腊神话中是联系众神与凡间的使者，她替众神向凡间的生灵传递消息，将凡间善良者的灵魂经彩虹桥接往天堂。古希腊人将“彩虹女神”的名字赋予鸢尾花，寄托人们对这一类奇幻美丽的花儿的喜爱之情。我突然想起一部电影叫《寻梦环游记》，这部动画片感动得我几度落泪。影片告诉我们，死从来都不是终点，而是去向另外一个地方，人间有亲情，灵魂就可以在花瓣组成的彩虹桥上回来，真正的死亡是世界上再也没有一个人记得你。

梵高有幅名画《鸢尾花》，画中的一丛丛紫色花，既展现着强烈的生命力和张力，也让人感到有种神秘、孤独和忧伤。

鸢尾花也是朝开暮落之花。虽然一朵花的生命是短暂的，但这朵落了那朵开，花期可以持续一个多月，并且今年一棵，明后年就有一大丛，生命力还是很强的。绚丽短暂，却又生生不息，这就是鸢尾！

绣球

花团锦簇无尽夏

绣球，是古代小姐在绣楼上抛出用来觅得心上人的那种道具吗？你想多了。不过小姐抛的绣球，倒是照着绣球花的样子做的。绣球花会变色，小姐不知道会不会变心呢？毕竟绣球花落谁手可说不准啊。绣球花由众多小花攒簇在一起，成一球形，故名。绣球开放的日子，那真叫花团锦簇。常州校区研究生宿舍楼前有好多绣球花，可能是爱美的宿管阿姨种的。

绣球，落叶小灌木，又名“紫阳花”“聚八仙”“八仙花”，《清稗类钞》记载，八仙花为落叶小灌木，高四五尺许，叶对生，椭圆平滑。花大而美艳，多数丛集如圆球，故又称聚八仙。其萼能变两种颜色。俗谓之洋绣球。这段话比较准确地描述了绣球的特性，包括花色会随着土壤的酸碱度而改变。有的绣球有一个神奇的特性，你给它“喂养”不同的酸碱制剂，它就会显现出不同的色彩：酸性变蓝，碱性变红，中间紫色。绣球花色彩繁多，不过基本可以分为两大主流色系：蓝色和粉色。这些品种间的颜色差异，很大程度与土壤的酸碱度有关。其实决定绣球花颜色的关键因素，并非是由土壤的酸碱度直接起作用，而是取决于土壤中的铝盐浓度，变色则是绣球花的一种不同寻常的化学反应。

变色这个特征只属于我们今天所称的绣球，但"绣球"这个名字的归属基本是到清代才稳定下来的。长期以来，"绣球"这个名字在绣球属和荚蒾属之间长期混用，比较复杂。今天的琼花和绣球荚蒾，它们的花都是白色，都是木本，花是开在树上的，只是花的形状与绣球相近。它们在中国的栽培历史均可以追溯到隋朝以前，而且长得也颇为相似。琼花的花序由外围的八朵大型不孕花和内部的小型可孕花构成。绣球荚蒾是无数小花开成一球，与绣球花的形状相似，也常称作木绣球，西康路校区工程馆边上有几棵。中国古代都以"绣球""粉团""八仙花"等名字来称呼它们，如明代的《群芳谱》、清代的《花镜》，甚至近代相当权威的《植物名实图考》，都将其混为一谈。又如明代王象晋在《群芳谱》里介绍说，绣球，木本皴体，叶青微带黑而涩。春月开花，五瓣。百花成朵，团团如球，其球满树。他这里说的“绣球”是指荚蒾属的绣球荚蒾无疑。但后面又说“花有红白二种”，这就有问题了，绣球荚蒾只开白花，今天的绣球才开红花。《植物名实图考》引了《花镜》中的话：“粉团，一名绣球……一蒂而众花攒簇，圆白如流苏，初青后白，俨然一球。”这说的还是绣球荚蒾。后面他又发挥了一下说：“按粉团出于闽，故俗呼洋绣球。其花初青，后粉红，又有变为碧蓝色者，未复变青。”这就又扯到今天会变色的绣球身上了。

绣球花鲜艳夺目、色彩缤纷的“花”，其实只是扩大的萼片，并不是真的花，或者说是不育花，它们只负责招蜂引蝶，吸引授粉者，自己并没有生育能力。

绣球在日本又名“紫阳花”，日本很多寺庙及公园中栽种大片的绣球，花开时节非常美丽，吸引了世界各地的观花人。我们现在也不是非要到日本才能欣赏绣球，国内栽种已非常普遍。常州每个公园都有一个主题花卉，人民公园就是以绣球花为主，不仅有各色绣球，还有绣球荚蒾呢。如果你有一个小院或者阳台，也可以自己种一片绣球。绣球也比较好伺候，记得多浇水就是。绣球需水量大，有时鲜切花中的绣球蔫了，放在水里浸一会儿，又会精神起来的。我的露台上种了好多“无尽夏”绣球，整个夏季都在美美地开花，把即将开败的剪下来插在花瓶里，还能美两周。

秋叶离离

菊花

花中隐士可延年

“季秋之月，鞠有黄华”，《礼记·月令》中，就把黄花（菊花）与秋天联系在一起了，菊花几乎是秋天的代名词。菊花为花中隐士，陶渊明独爱菊，有许多写菊花的诗，大家最熟悉的，当然是“采菊东篱下，悠然见南山”。菊花在中国十大名花中位列第三，花中四君子（梅兰竹菊）之一。《诗经》《离骚》中都有涉及菊花的诗句。《离骚》有“朝饮木兰之堕露兮，夕餐秋菊之落英”，可见菊花是何等高洁之花。最霸气的菊花诗当属黄巢的，“待到秋来九月八，我花开后百花杀。冲天香阵透长安，满城尽带黄金甲”。

菊花在我国栽培历史悠久，宋朝开始就有人专门研究菊花，有《菊谱》《菊话》《菊说》《艺菊志》《养菊法》等多部专著。现在菊花有黄、红、白、橙、紫、粉、青、绿、黑等多种颜色，有单色、复色，有单瓣、重瓣、“千重瓣”，花瓣类型多样，大的雍容华贵如牡丹，小的娇小可爱，足有几百个品种。菊花也是很多城市的市花，是名贵的观赏花卉，一到秋天各地都会办一些菊花展，市民可游连观赏，惊叹于菊花姿态万千的美。

“宁可枝头抱香死，何曾吹落北风中”，这是宋末著名画家、诗人郑思肖的《寒菊》诗，他借菊花表达不向元朝妥协的决心，诗中也

写出菊花的特点：一般情况下，菊花开败后花瓣不会飘落而是整朵花在枝头枯萎，但也有例外。冯梦龙的《警世通言》第三卷《王安石三难苏学士》，就讲了一个关于菊花的故事。

有一天，苏东坡去看望宰相王安石，王安石恰好出去了。苏东坡在王安石的书桌上看到了两句咏菊诗的开头："西风昨夜过园林，吹落黄花满地金。"苏东坡想，菊花只有干枯在枝头，哪里见过被秋风吹落得满地皆是？于是他也不管王安石是他的前辈和上级，提起笔来续诗两句："秋花不比春花落，说与诗人仔细吟。"但等到他因"乌台诗案"被贬到湖北黄州当团练副使，重阳节那天大风过后，他到后园赏花，只见菊花纷纷落瓣，满地铺金，枝上连半朵花也没有。他顿时目瞪口呆，想起给王安石续诗的往事。所以，任何时候都不能经验主义。

菊花是长寿之花，据汉代《神农本草经》记载，久服菊花可轻身延年。重阳赏菊、饮菊花酒是我国的一大习俗，民间认为饮菊花酒可延年益寿，重阳又称菊花节。孟浩然《过故人庄》诗云："待到重阳日，还来就菊花。"晋代葛洪的《抱朴子》、明代高濂的《遵生八笺》中都有记载。

桂花

甜甜浓香秋皎洁

每到仲秋时节，校园里总是弥漫着熟悉的、甜甜的浓香，漫步校园，心情也总是愉悦的，又到了桂花飘香的季节了！桂花又名木樨，是木犀科木犀属的，有丹桂、金桂、银桂之分，是根据花的颜色区分的。还有一种四季桂，花开四季，但香味要淡一些。

桂花是历史悠久的植物，有文字记载的历史已经有2500多年。《山海经》记载：“西南三百八十里，曰皋涂之山……其上多桂木。”“招摇之山，临于西海之上，多桂。”《吕氏春秋》也说：“物之美者，招摇之桂。”汉武帝修上林苑，桂花树是作为奇花异木被献栽的。在《楚辞》中多篇写到桂树，《招隐士》中有“桂树丛生兮山之幽，偃蹇连蜷兮枝相缭”。

桂花之“桂”与“富贵”之“贵”同音，还有“蟾宫折挂”之美好寓意，而且它还很香，所以特别受人们喜欢，自古以来庭院里都会种一两棵。桂花还是人们餐桌上的点缀。桂花盛开的时节，采摘新鲜的桂花，拣除杂质，浸在蜂蜜中或用白糖拌匀密封，可用于制作美食桂花莲藕，或吃甜品时放一点，又香又甜。我想，用手采下一些桂花无伤大雅，但见过高效却野蛮的是，将床单或塑料布在桂花树下铺开，用竹竿将桂花打下备用，你们这样做有没有考虑桂花和昆虫的感

受呢？桂花的浓香可不是为食客的味蕾准备的，而是为了吸引蜜蜂和昆虫。

桂花是秋天的象征，唐代张九龄的《感遇》诗云：

兰叶春葳蕤，桂华秋皎洁。
欣欣此生意，自尔为佳节。
谁知林栖者，闻风坐相悦。
草木有本心，何求美人折！

诗中春兰秋桂对举，以草木照应，比兴寄托，来比喻自己守正不阿、不求人知的高洁情怀。在山水画中多以桂配松，两者皆品格不俗。

校园中的桂花树分布于多处，河海馆门口的几棵桂花树每年都开着密密的花，馨香四溢。为学楼C区、D区之间，有几棵大大的桂花树，

有个小景叫“三秋桂子”，典出柳永《望海潮》，“有三秋桂子，十里荷花”，桂花花期正值仲秋，有“独占三秋压群芳”的美誉。江宁校区黄河路边、致远楼庭院等处都有桂花飘香。

古人视桂花及果实为“天降灵实”。白居易写下著名的词：“江南忆，最忆是杭州；山寺月中寻桂子，郡亭枕上看潮头。何日更重游！”因为诗词，所以爱上杭州。杭州现在桂花最多的不是白居易词中的灵隐寺，而是满觉陇，郁达夫在此留下许多故事，并写下著名的《迟桂花》。有一年正是桂花飘香的季节去了那里，真是被花香陶醉了。“满陇桂雨”是“西湖十景”之一。

桂花如米小，也没有鲜艳的色彩，却有着诱人的浓香，大凡花朵大而艳丽的，多不香，可见造物主还是公平的。所以，“人生哪能多如意，万事只求半称心”。

木芙蓉

池岸溪畔能变色

水芙蓉（荷花）之于夏天，木芙蓉之于秋天，是这个季节的功臣。寒霜摧折草木的深秋，木芙蓉却艳丽怒放。木芙蓉又名芙蓉花、拒霜花、木莲等，其花或白或粉，娇艳如芙蓉出水，故有“芙蓉花”之称，又因其生于陆地，为木本植物，故名“木芙蓉”，区别于水芙蓉荷花。常州校区文体馆东、小池塘边都有木芙蓉。

木芙蓉早晨开放时为白色或浅红色，中午至下午变为深红色。这是因为芙蓉花因光照强度不同，引起花瓣内花青素浓度的变化所致。木芙蓉这种颜色的“一日三变”被人叫作“三醉芙蓉”。还有复色芙蓉，有些芙蓉花的花瓣一半为银白色，一半为粉红色或紫色，人们称这种芙蓉花为“鸳鸯芙蓉”。有的重瓣芙蓉花朵更加硕大，花期更为长久，可从 8 月开到 10 月。初见木芙蓉时，觉得花叶和棉花有点像，它们还真有亲缘关系，都是锦葵科的，木芙蓉为锦葵科木槿属。

木芙蓉，性喜近水，民间多种植在池旁溪畔。《长物志》云：“芙蓉宜植池岸，临水为佳。”花开时节，花色水影，相映成趣，因此有“照水芙蓉”之称。王安石有诗《木芙蓉》云：“水边无数木芙蓉，露染胭脂色未浓。正似美人初醉著，强抬青镜欲妆慵。”而大诗人王维，不愧“诗佛”之称，他笔下的木芙蓉在山中自开自落，也有几分

禅意。诗云：

木末芙蓉花，山中发红萼。

涧户寂无人，纷纷开且落。

在大多数人眼里，木芙蓉是很平民化的。古人认为："凡有篱落之家，此种必不可少。如或傍水而居，隔岸不见此花者，非至俗之人，即薄福不能消受之人也。"（《闲情偶寄》）

木芙蓉在成都最多，是成都的市花，故成都又称"蓉城"。成都为何遍植木芙蓉，还有一个美丽的传说。五代后蜀皇帝孟昶的妃子名"花蕊夫人"，特别喜爱木芙蓉。孟昶为讨爱妃欢心，博美人一笑，诏令成都城头尽种芙蓉，来年秋天木芙蓉开放，灿若朝霞，蔚若锦绣。自古以蜀为锦城，自此成都四十里如锦绣，真锦城也，成都也就有了"芙蓉城"的美称。世事难料，后蜀灭亡，花蕊夫人被宋朝皇帝赵匡胤掠入后宫。花蕊夫人常常思念孟昶，偷偷珍藏他的画像。赵匡胤知道后，逼迫她交出画像。但花蕊夫人坚决不从，赵匡胤一怒之下将她杀死。后人敬仰花蕊夫人对爱情的忠贞，尊她为"芙蓉花神"，所以芙蓉花又被称为"爱情花"。

说到"芙蓉花神"，人们肯定想到《红楼梦》，晴雯死后，到天

上做了“芙蓉花神”。《红楼梦》里“占花名”，林黛玉在怡红群芳夜宴上，抽得“芙蓉”花签，上面画着一枝芙蓉花，题“风露清愁”四字，背面则有一句诗：“莫怨东风当自嗟。”这个“芙蓉”到底是木芙蓉还是水芙蓉呢？到现在学界仍在争论不休，未有定论。

早期红学研究者多说林黛玉是木芙蓉，理由是木芙蓉朝开暮落，花色一日三变，仿佛林黛玉的小性子，小时看过的《红楼梦》连环画，画的就是一枝木芙蓉。87版《红楼梦》电视连续剧中，陈晓旭饰演的黛玉手上拿的好像也是木芙蓉。《红楼梦》里“芙蓉”指黛玉和晴雯两个女子，私以为，晴雯是木芙蓉，晴雯去世时是木芙蓉盛开的秋天，而不是水芙蓉盛开的夏天。宝玉写好《芙蓉女儿诔》后，“将那诔文即挂于芙蓉枝上”，又突然发现似晴雯的人影“从芙蓉花里走出来”。这些文字都说明文中的“芙蓉”是木芙蓉而非水芙蓉。虽然晴雯是黛玉的影子，但作为侍女与黛玉还是有区别的，黛玉则应是水芙蓉荷花，荷花“出污泥而不染”，与黛玉性格相符，《葬花词》“质本洁来还洁去，强于污淖陷渠沟”，也表达了黛玉高洁的品性。

古人用木芙蓉鲜花捣汁为浆，染丝作帐，即有名的“芙蓉帐”。白居易的《长恨歌》中“芙蓉帐暖度春宵”中的“芙蓉帐”，是不是芙蓉花染成的呢？还有，形容杨玉环的“芙蓉如面柳如眉”中的“芙蓉”，是木芙蓉还是水芙蓉呢？朋友们自己去考证吧。

栾树

红黄相间灯笼树

在秋季，栾树是最显眼的家伙，它的美谁都无法忽视。花开一树金黄，花落果生，转为红色，红黄相间，色彩缤纷。正是栾树开花的时节，随手翻阅《山海经》，居然看到里面有栾树的记载：

有云雨之山，有木名曰栾。禹攻云雨，有赤石焉生栾，黄本，赤枝，青叶，群帝焉取药。

这样说来，它的枝叶果都可以制作长生不老的仙药，栾树居然是仙树啊！

栾树为高大的乔木，无患子科，树形挺拔，枝叶茂密而秀丽，繁茂的树冠像伞一样张开。栾树开花的时间因地域及气候而有早晚，江南的栾树往往要到夏秋之交或初秋才开花，有的春天秋天开两季，单朵花比桂花稍大些，金黄色，成簇开成塔形的一束，不像桂花那样掩映在树叶间，而是一束束秀出于绿叶，看过去一树嫩黄色闪亮，非常靓丽。黄色的小花有一种特殊的味道，可吸引多种昆虫。一阵风雨过后，地上落了一层黄黄的小花。

栾树花落后长出像小灯笼一样的蒴果，所以又称“灯笼树”，很像小时候经常采了吃的美味的灯笼果，北方称之为“菇娘”的。栾树上像灯笼一样的果子可不能吃哦。随着秋色转浓，灯笼果由青转黄再

转红，树上挂满了盏盏小“灯笼”。此时晚开的栾树刚刚开花，红黄相间，再加上秋天蔚蓝的天空映衬，美得令人陶醉。我每次走在栾树盛开的路上，都会放慢速度欣赏。栾树春天初生的嫩叶为红色，深秋及初冬树叶为黄色。它是难得的可以观花、观果、观叶的树。

栾树也被称之为大夫树，因常被栽在大夫墓前。古代礼制讲等级，根据《周礼》记载，墓地栽的树是有规定的：天子树松，诸侯柏，大夫栾，士杨。

清朝文人黄肇敏登临黄山，作《灯笼树》诗曰：“枝头色艳嫩于霞，树不知名愧亦加。攀折谛观疑断释，始知非叶亦非花。”在诗序中，作者明确指出，灯笼树就是所谓的多罗树。

栾树的嫩叶，很早就被作为野菜食用，明朝的《救荒本草》就记载过它的吃法：用热水或热油烫熟，再用水淘洗干净，之后加油盐调味。如今华北地区民间还有食用“木兰芽”的习惯，但采了吃的多是山里人，他们往往并不知道这是栾树。城市里的香椿嫩芽经常“惨遭毒手”，栾树却无人问津，或许是不知道它能吃，或许是树太高了采不到。我国许多地方都将栾树当作行道树栽培，掉落满地的种子，就当作垃圾处理。其实它的种子也是有用的，可入药，可作为润滑油或制作肥皂。

江宁校区栾树较多，作为行道树分布于图书馆附近长江路、黄河路两边，很美，西康路校区闻天馆边上有几棵，常州校区若水广场东面路边有栽种。

法国梧桐

其实它叫悬铃木

河海的学生没有不熟悉法国梧桐的，四年里来来回回，朝夕相处，早已处成亲密的伙伴。树下相聚、离别、欢喜、忧伤……多少故事上演。毕业多年的校友回想起母校来，印象最深的可能也是校园的法国梧桐林荫道。西康路校区两条主干道行道树，都是高大的法国梧桐，常州校区东门进来的若水路也是，江宁校区鄱阳湖路、巢湖路、太湖路边都有。

你可知道，法国梧桐，是最名不副实的植物了，它既不是梧桐，也不产自法国。但现在人们对它的熟悉程度已超过了真正的梧桐。它学名叫悬铃木，因叶子似梧桐，故有“梧桐”之误。“法国梧桐”也并非产自法国。17 世纪，在英国的牛津，人们用一球悬铃木（又叫美国梧桐）和三球悬铃木（又叫法国梧桐）作亲本，杂交成二球悬铃木，取名“英国梧桐”。因为最早是法国人把悬铃木带到上海，栽种在霞飞路（今淮海中路一带）作为行道树，人们就叫它“法国梧桐”，人云亦云，直到现在。上海、南京有不少百年树龄的法国梧桐。

法国梧桐树形高大，叶大荫浓，生长迅速，适应性强，是世界著名的优良庭荫树和行道树，有“行道树之王”之称。具有较高辨识度的地方，是它的树皮。在成长过程中，它的树皮会成块脱落，形成斑斑驳驳的“迷彩服”。

常见的法国梧桐为“二球悬铃木”，顾名思义，是两个球形的果序长在一起。成百上千的果实长在一个球状的果柄上，这就成了一个果序。秋冬叶落后，光秃秃的枝干上悬挂着一个个“铃铛”，经过一个寒冬的洗礼，到第二年春夏之交，自带褐色绒毛的种子们才纷纷离开“铃铛”，飞向各处。此时它给人们的“灾难”也就到来了。法国梧桐成年植株每年春夏季节会大量开花、结果，形成大量的花粉，同时前一年的球果开裂，产生大量的果毛。这些漂浮于空中的花粉和果毛，容易进入人们的呼吸道，引起部分人群的过敏反应，引发鼻炎、咽炎、支气管炎、哮喘病等诸多病症。人们享受它的阴凉，同时也要忍受它的飞絮。

秋季，法国梧桐的落叶也是很美的，一片片手掌一样的叶片飘落，那一抹苍黄，传递时序的变迁流转，“梧桐一叶落，天下尽知秋”，法国梧桐也有这样的特性。夜里一阵秋风秋雨过后，地上便落了一层黄黄的叶子，雨后转晴，一缕秋阳照在落叶上，泛着金灿灿的光，给即将进入冬日的大地以最后的温暖。尤其是这几年常州校区“落叶不扫”，那一道特殊的风景深受人们喜爱。站在落叶上拍张照，妥妥的文艺范儿。有时走在那条铺满落叶的路上，只为听脚下“沙沙”的声响，仿佛秋虫的吟唱。

梧桐

一叶知秋凤凰栖

这才是真正的梧桐，别名青桐、中国梧桐，许多人只知“法国梧桐”，而不知这才是梧桐。它树干呈青色，笔直挺拔，木材是做古琴的好材料。梧桐叶片宽大，像一只大大的手掌，无论是栽种在庭院还是路旁，都有很好的遮阴效果。梧桐的花，是一朵朵黄绿色的小花聚成一簇，属于圆锥花序。果实长得也很有特色，黄豆大小的梧桐籽，可以榨油，也是我们小时候的美食，炒熟了吃，很香。

在中国文化中，梧桐是品行高洁的树。鸟中之王的凤凰，非梧桐不栖。《诗经·大雅·卷阿》记载：“凤凰鸣矣，于彼高冈。梧桐生矣，于彼朝阳。”诗歌歌颂周王礼贤求士，所以有“栽种梧桐树，引来金凤凰”一说。有一词牌名曰“凤栖梧”。建议学校多栽些“梧桐树”，引来更多的“金凤凰”。

在《庄子》秋水篇里说到梧桐：庄子的好朋友惠施在梁国为相，听说庄子来了，担心庄子抢了他的相位，庄子便讽刺他说：

南方有鸟，其名为鹓鶵，子知之乎？夫鹓鶵，发于南海而飞于北海，非梧桐不止，非练实不食，非醴泉不饮。

这里的“鹓鶵”就是凤凰，非梧桐不止。

在《孔雀东南飞》中，刘兰芝与焦仲卿双双殉情，他们坟地上栽种的梧桐树也长成了连理枝。在古典诗词里，风吹落叶，雨滴梧桐，意境凄清。温庭筠的《更漏子》云：

梧桐树，三更雨，不道离情正苦。一叶叶，一声声，空阶滴到明。

与梧桐有关的诗词真是太多了，如："春风桃李花开日，秋雨梧桐叶落时。"（白居易《长恨歌》）"无言独上西楼，月如钩。寂寞梧桐深院锁清秋。"（李煜《相见欢》）"梧桐更兼细雨，到黄昏、点点滴滴。这次第，怎一个愁字了得！"（李清照《声声慢》）梧桐可以感知秋天，"梧桐一叶落，天下尽知秋"，这就是"一叶知秋"的来历。秋季，正是观赏梧桐落叶的季节，现在的人们，虽然感受不到"寂寞梧桐深院锁清秋"的落寞与凄清，至少能感受到"一叶知秋"的美丽与忧伤。

清代李渔在《闲情偶寄》中写道："梧桐一树，是草木中一部编年史也……有节可纪，生一年纪一年。树有树之年，人即纪人之年，树小而人与之小，树大而人随之大，观树即所以观身。《易》曰：'观我生进退。'欲观我生，此其资也。"

常州校区为学楼西有一排真正的梧桐。

银杏

最孤独的活化石

银杏在秋天绝对是一道亮丽的风景。一树小扇子一样的叶子在秋日艳阳中由碧绿转为金黄，又在秋风中一片片飘零，落叶满地，一地金色，一缕斜阳映照，是既温暖又伤感的美，喜欢踩着沙沙作响的落叶，看着自己长长的影子，感受时光的温馨。

人站在银杏面前是会感到谦卑和渺小的，因为银杏是现存最古老的植物之一，银杏类的化石最早可追溯到 2.7 亿年前。与银杏同时代的恐龙，在白垩纪大灭绝中成为化石，而银杏却有幸生存了下来，而且现在的银杏和亿年前的几乎没有什么变化，所以被称为“活化石”。银杏在恐龙时代失去了它所有的亲人，银杏门银杏纲银杏目银杏科银杏属这个大家族仅存此一“独苗”，可想而知它有多孤独。

中国古人称银杏为“枰”。唐代开始，人们常常在庙宇中栽种银杏。很多年代久远的庙宇前都有很古老的银杏树，如南京栖霞山寺庙门前的银杏就非常美，有人去栖霞山只为看它们。古代银杏一度退居到高山之上，应该是僧侣将它们带下山，它们才又重归曾经的家园。如果像古人所说树木有灵性的话，银杏应该是最有灵性的，因为它们的寿命超长，也因此深得人们敬重。

银杏的与众不同之处从它的叶片就可以看得出。它的叶子像把小

扇子，是扇形叶片，在植物中具有扇形叶片的屈指可数，恐怕只有铁线蕨类植物的叶片与之相似。而且银杏的叶片并不都一样，从它的幼苗开始，叶片从六裂一直到整齐的扇形都有。

银杏树是雌雄异株的，结果子的是雌树，雄树当然不结果，但雌树附近如果没有雄树授粉，也不会结果，所以雌雄银杏树要栽种在一起。在没有果子的情况下，你能分辨出雌雄银杏吗？从树形上看，雄性银杏树比较高大，笔直向上，枝条向外生长的幅度比较小；雌性银杏树相对矮些，树枝横向生长的幅度比较大，树冠比较宽大，这也是为了方便授粉；而且我的印象中雄树树叶变黄要比雌树晚一些。

我的母校苏州大学校园里有一片银杏林，一个深秋的早上，我们穿过这片银杏林到南校园去上课，正值银杏收获的季节，看着满满的几筐银杏果很是可爱，顺手抓了几颗，上课的时候开小差，拿小刀切果子外面那层，没想到一切开，一股臭臭的味道就弥漫开来，整个教室都是臭臭的。那天上的什么课已不记得了，但银杏果的味道至今难忘。

银杏果俗称白果，营养丰富但有微毒，一次不能贪嘴多吃。银杏果与叶均有药用价值。

秋天的银杏树在校园里是很显眼的。西康路校区友谊山上有几棵，常州校区英才楼院子里一棵，“杏花春雨”小景处两棵，装点着校园的秋天。

枫树

霜叶红于二月花

枫树是秋天里必赏的一道风景。小伙伴们赏了这么多年的“枫树”，也许你都没见过真正的“枫树”。大家平时经常说的枫树，其实包含了两个不同科的多种植物：一是槭树科的鸡爪槭、红枫等，二是枫香科的枫香，以前也被分到金缕梅科。校园里比较多的，是鸡爪槭，而真正的“枫树”其实是高大的枫香。

把槭树科叫作“枫树”看来由来已久，清代吴其濬的《植物名实图考》中就说：“江南凡树叶有叉歧者，多呼为枫，不尽同类。”到现在大家也就将错就错，不细究了。

鸡爪槭也被叫作鸡爪枫。槭树科有鸡爪槭、元宝槭、红枫、三角枫几种，容易混淆。鸡爪槭，顾名思义，叶子像鸡爪，有 5 ~ 7 片裂叶，春夏季绿色，秋季由黄而红。红枫是鸡爪槭的变种，春夏里也是鲜艳的红色，秋冬时叶子慢慢掉落。常州校区“乐水园”石头边的一棵就是红枫。元宝槭结的翅果像元宝。三角枫叶子是三角形的，和枫香的叶子有点像。

枫香树形高大挺拔，可以长到 30 多米，而槭树科的所谓“枫树”均比较矮小，树形秀丽。枫香叶子是三个角，为掌状三裂叶，而槭树科的叶子是五个角。枫香的叶子有特殊气味，闻着有点香，枫香的名字也由此而来吧。枫香果子是小球形状，而槭树果子是翅果。

古人对枫树有一种敬畏之情，据《尔雅注疏》《南方草木状》等书记载，枫树会长出像人头一样的瘤，称为“枫子鬼”“枫人”，可通灵，天旱求雨甚灵验。苏州天平山、南京栖霞山、湖南岳麓山的大枫树就是枫香。岳麓山有爱晚亭，取自杜牧《山行》之诗意：“远上寒山石径斜，白云深处有人家。停车坐爱枫林晚，霜叶红于二月花。”毛泽东写下“看万山红遍，层林尽染”“万类霜天竞自由”，确实写出了秋天的大气象。

和鸡爪槭一样，枫香树的叶子也是春天是绿色，秋天会变红。究竟是什么原因呢？古人认为“非雨露之功，霜之力也”。它们的叶片中除了含有叶绿素、叶黄素、胡萝卜素等色素外，还有一种叫花青素的特殊色素，它是一种“变色龙”，它在酸性液中呈红色。随着季节更替，气温、日照相应增减，叶片中的主要色素成分也发生变化。到了秋天，气温降低，光照减少，叶绿素减少，花青素增加，枫树等红叶树种的叶片细胞液此时呈酸性，整个叶片便呈现红色。所以我们说，是秋天的气象条件染红了它。

西康路校区山上校办楼前就有两棵很大的鸡爪槭，树形很好看，江宁校区致高楼 B 区教室外也有，常州校区为学楼西有两排，其他孤植或对植，分散在校园多处。枫香位于常州校区为学楼西北及师泽亭边。

枫杨

长出一串『小馄饨』

枫树你认识，杨树你也认识，那么枫杨呢？枫杨，既非枫，也非杨，而是胡桃科的植物。你一看到它的一串一串馄饨似的小果子，就会说：哦，原来是它！枫杨又称大叶杨、枰柳、麻柳等，因翅果像一串馄饨，民间也称“馄饨树”“元宝树”。常州校区有几棵很大的枫杨树，位置在河苑餐厅前及月季园旁边，应该是建校之前原来的村子留下的，

比校区的年龄还大呢。西康路校区南京大屠杀遇难同胞纪念碑附近，还有友谊山上、孔子像前都有几棵高大的枫杨树。

枫杨树形高大，树干粗壮，枝叶繁茂，翅果青翠，从外形上看，是个十足的树中汉子。春天郁郁葱葱，夏天洒落阴凉，也是知了最喜欢栖息的地方，树下鸣蝉声声，热闹非凡。

枫杨是常见的本土树种，据说由于生长迅速、适应力强，这种高大的落叶乔木现在已经引种到世界各地。老家村子里小河边就有几棵大大的枫杨，它带翅膀的小果子常成为我们的玩具，摘下一串，然后再把一个个“小馄饨”揪下来。玩过才会知道，这种形状独特的小果子还是很坚硬的。细瞅枫杨的叶子，是羽状复叶，各小叶在叶轴两侧如羽毛状排列着，非常好看。当然，最有特色的还是它的果实，它带翅膀的果实与槭树有几分相像，但仔细观察就会发现两者的不同：枫杨的果实是一个果实上长两个翅，而槭树是两枚带翅的小坚果连在一起。虽然略有不同，但长翅膀的作用是一样的，当然是为了飞翔，帮助果实随风飞到更远的地方。

水杉

高大笔直身形美

水杉是树中的美男子，树干笔直向上，高大挺拔，身形优美，枝叶飘逸。春天它一袭绿装，深秋变成赭红色，也是秋季色叶树种之一。水杉又经常长在水边，有蓝天绿水衬托，加上水中优美的倒影，真是色彩丰富，美不胜收，是平原地区难得的秋景。

水杉的叶子是条形的，叶片在侧生的小枝上排成整齐的两列，对生，即两边小叶底部两两相对而生，整齐的叶片好像梳子一样。水杉的花期在 2 月下旬，靠风传粉，此时叶子还没有萌芽，光秃秃的枝干授粉少了障碍。因为它高大，树高可以到 30 多米，花又不明显，所以我们几乎都没注意到它也有花期。但是没有花哪来果呢？水杉的果实是球形的，掩映在浓密的枝叶间也难以被发现，往往要到秋冬叶子落尽以后才会现身，有时要到落在地上才会被注意。

水杉与银杏一样，是最常见的珍稀物种。说稀有，是因为水杉是远古植物，远在中生代白垩纪恐龙时代，地球上就已出现水杉类植物，并广泛分布于北半球。冰期以后，这类植物几乎全部绝迹。所以野生水杉极少，也是活化石。过去认为这种植物早已灭绝，1941 年中国植物学者在湖北利川谋道镇（当时是四川万县磨刀溪），首次发现这一闻名中外的古老珍稀孑遗树种。据近年调查，重庆万州、重庆石柱

县、湖北利川和湖南龙山、桑植均发现300余年的巨树。远古遗株野生水杉，只有中国存在5000多株。

说它常见，是因为水杉繁殖十分容易，适应性强，容易成活，所以人工繁殖的水杉世界各地都有栽种，而且水杉喜湿润，生长快，好像到处都能见到高大茂密的水杉林，以至于让人怀疑它“国家一级保护植物”的头衔。

学校里被称之为“杉”的，可不止一种，但以水杉为最多。此外还有池杉、落羽杉、红豆杉等。区别主要在叶子和果子：水杉叶子对生，落羽杉叶子互生；水杉果子为球形，红豆杉果子是鲜艳的红豆状。西康路校区南京大屠杀遇难同胞纪念碑那里，还有足球场北面等地，江宁校区致高楼B区北，常州校区为学楼南、实习工厂西、文体馆东，都有高大的水杉林。

构树

生生不息全身宝

小时候最熟悉这种树，几乎家家房前屋后都有，并不高大却枝繁叶茂。虽不喜它叶子上毛茸茸的，但摘下一片叶子时却有白白的“乳汁”滴下来，感觉营养很好，在割不到嫩草的时候，经常摘一把叶子给兔子充饥。它一树红红的果子令人垂涎，想吃又怕有毒，这就是人们对构树的印象了！构树生命力极强，校园里有几棵较大的构树，一般不为人注意，它们都长在角落，估计也不是特意种的，草地上或路边也随处可见小小的刚从土里冒出来的构树苗。构树似乎不是种出来的，是地里冒出来的，荒地里、河岸边、山坡上到处可见到，虽然长高一点就会被清除掉，但它生生不息。

《诗经·小雅·鹤鸣》：“爰有树檀，其下维穀。”《山海经·西山经》：“鸟危之山，其阳多磬石，其阴多檀楮。”其中的“穀”“楮”，就是构树。

构树的叶子多变，最常见的是有着奇怪的缺刻，像是被人专门刻成的造型，又像是虫子随意啃食所致。仔细观察却发现它的叶子形态多样，有的叶子像桑叶边缘完整，有的有浅刻，有的是深刻，经常是一棵树上有着形状不同的叶子。据我的观察，幼小的构树完整的没有缺刻的叶子多些，长了几年的大树有缺刻的叶子多，同一棵树先长出

的叶子缺刻少，后长的缺刻多，长在背阴处的叶子缺刻少而长在光照多处的叶子缺刻多，是不是叶片有缺刻就可以减少水分蒸发呢？这可是植物的生存智慧呢。

构树是雌雄异株的，雄树开花像青青的毛毛虫，雌树则长出青青的球球，成熟后红红的有点像杨梅，小时候以为是杨梅树。构树的红果果也叫“构桃”，一树红红的果子很美，而且与传说中的“有毒”相反，它能吃，有点酸酸甜甜的。李时珍《本草纲目》还记载了将构树果制成蜜饯的方法呢。可惜零食匮乏的年代居然没敢吃，都成了鸟儿们的美餐。构树虽外貌粗野，却全身是宝。叶子可喂猪喂兔子，汁液可治皮肤病，树皮可以造纸。构树以乳液、根皮、树皮、叶、果实及种子入药。枝叶茂密，生长快，还可净化空气。但因为它对环境要求不高，又生长快，在有些地方也泛滥成灾。

芦苇

临水而生色苍苍

芦苇临水而生，迎风摇曳，是最能入诗、入画的植物之一。《诗经·秦风·蒹葭》："蒹葭苍苍，白露为霜。所谓伊人，在水一方。"这是最早描写芦苇优雅风姿的。《诗经·豳风·七月》中也有芦苇，"七月流火，八月萑苇"，从《诗经》"国风"到江苏民歌《拔根芦柴花》，可见芦苇自古至今都是人们身边常见之物、喜爱之物。文人诗词中也常用芦苇营造意境，我很喜欢司空曙的《江村即事》，诗云：

钓罢归来不系船，江村月落正堪眠。

纵然一夜风吹去，只在芦花浅水边。

芦花浅水边，枕一船月色入眠，多好的意境。

芦苇是高大的禾本科植物，多生于水边。春天里，芦苇的嫩芽是人们餐桌上的美味，端午节前，芦苇丛里又会有小小的忙碌，芦苇长长的柔软的叶子，用来包粽子是最好的，苇叶的清香和米香，最能给人幸福感。秋天芦苇开花了，风姿飘逸，特别漂亮。芦苇花的花絮柔软蓬松，可以用来做填充物，有点像棉花的用途，但它没有保暖性。想起"二十四孝"中的闵子骞，孔子的七十二贤弟子之一，穿着后母用芦花做的棉袄，大雪纷飞中冻得瑟瑟发抖。父亲不明真相，非常生气，用鞭子抽打他，芦花遂飞出。

芦苇的用途很广泛：生长在水里有净化水质的作用；芦苇茎秆坚韧，纤维含量高，是造纸和人造纤维不可多得的原材料；芦苇穗可以制作扫帚，芦苇编制的“苇席”可用来铺炕、盖房；有种乐器叫作芦笛，就是用芦苇的空茎做的。

与芦苇相近的，是荻、芒草。一日上完课从厚德楼回办公室，远远看到紫莹莹的马鞭草依旧开得好，就绕道过去看看，没想到在实习工厂东北意外发现一片芒草，刚刚抽出花穗，真是意外之惊喜。芒草在《诗经》《楚辞》中被称为“菅”。《小雅·白华》：“白华菅兮，白茅束兮……英英白云，露彼菅茅。”“菅蒯兮野莽，雚苇兮仟眠。”（《九思·悼乱》）芦苇和芒草很相像，好多人分不清，据我观察，区别如下：芦苇长在水边，芒草长在旱地；芦苇叶子宽而软，芒草叶子窄而硬；芦苇花有蓬松感，芒花线条较为分明。

秋英

常被叫作格桑花

——你认识秋英吗？

——秋英是谁？

——秋英不是人名，它是花名。

——秋英是什么花？怎么从来没听说过？

——那波斯菊听说过吗?

——好像听说过，是哪一种菊花吧?

——那么格桑花呢?

——格桑花谁不知道啊?我们校园里有一大片呢!

可见，“格桑花”这个俗称，比“秋英”这个正式名称的知名度要高得多。多数人以为西藏人这么叫它，其实它在西藏还不叫这个名。我曾两次去西藏，看到到处开放的“格桑花”，藏族同胞告诉我，它叫“张大人花”。清朝光绪年间，钦差张荫棠到西藏，受到民众爱戴，人们亲切地称他为“张大人”。他爱花成癖，带了一包这个花的种子到西藏，这种花生命力极强，很快开遍西藏各地，故人们称这花为“张大人花”。藏族同胞经常把一些美丽的花称作“格桑花”、“格桑梅朵”（幸福之花），其实就连他们也不知道“格桑花”具体指什么花，在青藏高原，常见的好看的花都可以被叫作“格桑花”，对于藏族同胞来说，“格桑花”只不过是美丽的花的统称，或是一种情感寄托。

秋英的叶子对生，形态细长分裂，为羽状复叶，有点类似蕨叶；它的花外轮有 8 个舌状花中心对称，排列规整。秋英花形整齐，颜色多变，白色的素净淡雅，紫色的妖娆艳丽。秋英植株高度一般在 1.5

米左右，很容易形成花海景观。每当花开时节，都会有很多人在花海中凹造型、拍美照。秋英非常容易种植，生长迅速，春季、秋季都会开花。许多新建的场所，有大面积裸露的土地，急需一批花草来撑门面，秋英就是比较好的选择。秋英属有30多种植物，其中“黄秋英”，国内也翻译为硫华菊，花朵颜色从黄色到橙色不等，也很常见。

“秋英”这个词，很“中国”，容易让人联想到屈原的“朝饮木兰之坠露兮，夕餐秋菊之落英”（《离骚》），但它却是外来植物，它的老家在墨西哥和美国西南部。“秋英”，也称“波斯菊”，明明

是从美洲来的，和波斯没有关系，却被叫作“波斯菊”。

波斯菊的花语“怜惜眼前人”，让我想起那首喜欢的词：“一向年光有限身，等闲离别易销魂，酒筵歌席莫辞频。　满目山河空念远，落花风雨更伤春，不如怜取眼前人。”（晏殊《浣溪沙》）相信你生命中出现的每一朵花，都有被你欣赏的缘分，不如怜取眼前花吧！

常州校区东门进来右手边，有一大片波斯菊，开成花海，很壮观，年年吸引了很多人的目光。

凤仙花

女孩用它染指甲

你小时候染过指甲吗？对凤仙花的色号还满意吗？

凤仙花与紫茉莉一样，园林绿化很少用它，但在农村房前屋后是最常见的，校园里不起眼的角落里也能见到。凤仙花的茎很粗壮，一枝直立向上，不分枝，叶片狭长，有锯齿，花儿从叶下茎上开出，自下而上，花朵掩映在绿叶之下，开满花时，从侧面看过去好像一把花式鸡毛掸子。凤仙花也称“金凤花”，命名由来是它的花像凤凰。两片较大的花瓣底部相合，左右展开，像鸟儿的翅膀，还有一个像漏斗一样的唇瓣，有一个像小尾巴一样细长向下弯曲的叫“距”，这花儿的形状还真是不同寻常呢。

凤仙花有单瓣的，也有重瓣的，明代高濂的《遵生八笺》中记载“金凤花六种”：“红、白、粉红、紫色、浅紫如蓝、有白瓣上生红点凝血，俗名洒金。”前面四种常见，后两种我从未见过，想必是稀罕物。凤仙花可以说是女孩子们的专利，也称“女儿花”，女孩子们都会用红红的花来染指甲，所以又称“指甲花”“指甲草”。我们小时候放学后也没什么作业，尤其是暑假在家也没什么好玩的，就经常采来红色的凤仙花染指甲，染一遍有浅浅的红，多染几遍就色如胭脂了，当然顺便也把手指给染了。用凤仙花染指甲的做法在宋代就已

经有了，明清时也很流行，《红楼梦》中写晴雯长长的指甲，尚有金凤仙花染得通红的痕迹。而且这一风俗不仅在中国，在日本、韩国等东亚国家也广泛存在，日本冲绳还流传有一首儿歌叫《凤仙花》。

凤仙花的种子也很有意思，小小的橄榄形的小果子，成熟后会突然崩裂，将种子溅出很远。小时候只觉得神奇，现在知道它是为了将种子传播得更远呢，其实植物也是很聪明的。我们小时候还会故意捏爆它的果子，将卷曲的果壳夹在耳朵上当耳环，真是臭美呢。估计现在的小朋友已不玩这些了。

凤仙花是很平民化的花，生命力强，撒下一把种子，第二年就长出一片，然后年年有花看，不用特别照料。章回小说中常出现凤仙花，在文人诗词中也有，如杨万里有诗《凤仙花》：

细看金凤小花丛，费尽司花染作工。

雪色白边袍色紫，更饶深浅四般红。

凤仙花的茎、根、种子皆可入药。

紫茉莉

晚饭花结地雷果

有许多花儿是朝开暮落，如木槿、牵牛花等，但也有的花则正好相反，紫茉莉就是。紫茉莉花期在夏秋季，傍晚开花，至次日午前凋萎。花开时有香气，民间有称其为“夜来香”的，也有地方叫它“烧汤花”“洗澡花”，汪曾祺的小说中称其“晚饭花”，是美丽而忧伤的心事的化身。这些随意的小名儿都有一个共同的时间标识——傍晚。老家的房前屋后有很多这种花，花儿一开，就到了烧晚饭、烧洗澡水的时间了，在外面疯玩的小朋友也该回家了，所以这花在当时是可以当时钟用的。

紫茉莉既不紫，也不像茉莉，也没有茉莉香。“紫茉莉”这个名字我一直觉得名不副实。这个名字是明代后期才有的，紫茉莉原产于美洲，明代传入中国，当时叫它“苦丁香”或“野丁香”，它的花形倒是与丁香花有点像。后来看到清末民初徐珂编写的《清稗类钞》，总算觉得还说得过去，其中写道：“花状如漏斗，蓓蕾略似茉莉，有红紫白黄等色，颇美艳。”紫茉莉花色大多是紫红色、黄色、白色，也有杂色的，还有一棵上开两个颜色的。紫茉莉很少出现在公园或小区绿化，但老百姓喜欢，和凤仙花、鸡冠花等一样，是和老百姓很亲近的花。它适应性强，易生长，不需要特别的照顾就能长得很好，可以长到一米多高，像小喇叭似的花儿这朵开完那朵开，可以开一个多

月。今年有一棵，明年就会有一片。它茎节处膨大发红，侧芽只有一边发育，看上去好像每节分了两岔，像一个“丫”字，叶和花都挤在茎的顶部。

它的根、叶可入药，有清热解毒、活血调经等功效，种子里的白粉还可去除面部瘢痣粉刺。

紫茉莉结的黑色种子像一个个小地雷，所以它还有一个外号叫“地雷花”，剥开“小地雷”，里面是白白的粉末，质地十分细腻，古代中国用它制作化妆用的粉，不仅可以美白，还有滋润防皱、冬天防冻伤的功效。它先是在宫廷和富贵人家使用，后流入民间。《红楼梦》第四十四回中曾提及这种“新奇之物”，宝玉劝平儿擦上些脂粉，平儿便去找粉，却找不见。宝玉忙走至妆台前，将一个瓷盒揭开，拈了一根粉棒，递与平儿，说道：“这不是铅粉，这是紫茉莉花种，研碎了兑上香料制的。”可见彼时紫茉莉粉乃是上品，才入得了公子哥宝玉的法眼。平儿对它的评价是：果见轻白红香，四样俱美，摊在面上也容易匀净，且能润泽肌肤，不似别的粉青重涩滞。

日本叫它“白粉花”，用它的种子做化妆用的白粉，日本人化的那种大白脸妆，说不定有紫茉莉的功劳呢。动画《宝石之国》中，说“白粉花”的种子磨碎了以后变成白色粉末，可以“防水”，宝石妹子们将此涂抹在身上就能潜入海里了。这里的“白粉花”就是紫茉莉演绎而来的。

其实紫茉莉的种子是有毒的，但只要不吃下肚，用来抹脸是没有关系的，它可是绿色生态纯天然的美白护肤品。今年我也种了一棵，正开花呢，等结了种子要不要试一试呢？

也许在校园的某个角落，你会不经意地见到一丛紫茉莉。去年秋天去校史馆参观，在去往校史馆的台阶两边，有好些紫茉莉正开花呢。

狗尾草

随风摇曳小尾巴

狗尾草，听这名字，就够接地气，生命力够强。它是农人讨厌的田间杂草，在城市里，在我们校园里，也可见它摇曳的尾巴。每到盛夏，狗尾草挺立的茎上就会抽出又长又粗的花穗，花序呈圆柱状，披满了细针状的毛，毛茸茸的花穗长到一定程度就会弯曲，像极了狗的尾巴，在夕阳下的剪影十分好看，可以一直长到深秋草木枯黄。我在校园的运动场边还看到过金黄色花穗的狗尾草，叫“金狗尾草”，日出及夕阳西下时，随风摇曳的狗尾巴草，沐浴在一层金色的阳光下，绝不逊色于艳丽的花儿。

它也是早在《诗经》中就有记载的植物呢，《诗经》里把它称为“莠”。《诗经・齐风・甫田》：“无田甫田，维莠骄骄。无思远人，劳心忉忉。”也许是农人讨厌它侵占农田吧，古人经常用它来比喻坏人，“良莠不齐”的“莠”说的就是它。但这个草给我们带来不少童年的欢乐，用它掸一下小伙伴的脸，痒痒的，让人打个大喷嚏。

其实，它对人类是有大贡献的，它可是粟（即小米）的祖先呢，不觉得它和粟长得很像吗？只不过粟的穗儿更大些，人们吃着香香的小米粥就忘记它的祖先了。现在狗尾草也不是一无用处，它可做饲料，还可入药。《本草纲目》里叫它“光明草”，有明目的功能。

何首乌

民间流传神奇物

很多人对“何首乌”心存遐想，大概是因为鲁迅的《从百草园到三味书屋》，文中写道：“有人说，何首乌根有像人形的，吃了便可以成仙。”传说“八仙”中的张果老因偷吃何首乌而成了仙，这让何首乌带上了几分神秘的色彩。

何首乌多生于坡地林下、灌木丛中，它是隐藏在校园中的精灵，绝大多数人根本不会注意到它的存在，但你只要多留神，就会发现好多地方都能见到它。有次去校史馆，发现门前台阶边一簇簇开满了何首乌白白的小花，都已经见不到它的藤蔓了。常州校区竹林里最多。

何首乌是缠绕藤本植物，又名地精、夜合、夜交藤等，听这名字就知道，这是非常神奇的植物。它的藤有赤、白两种，赤者雄，白者雌，每当夜晚，雌雄藤蔓便交缠在一起，久久不散，离得较远也能如此。何首乌块根肥厚，呈长椭圆形，黑褐色，是名贵中药材，可补益精血、乌须发、强筋骨。

民间流传服用何首乌可延年不老，唐朝时由茅山老人传出，唐朝文学家李翱著《何首乌传》，记述了民间流传的何首乌的神奇故事：

何首乌者，顺州南河县人。祖名能嗣，父名延秀。能嗣本名田儿，生而孱弱，年五十八，无妻子，常慕道术，随师在山。一日，醉卧山

野，忽见有藤两株，相去三尺余，苗蔓相交，久而方解，解而又交。田儿惊讶其异，至旦遂掘其根归。问诸人，无识者。后有山老忽来。示之。答曰："子既无嗣，其藤乃异，此恐是神之药，何不服之？"遂杵为末，空心酒服一钱。七日而思人道，数月身体强健，因此常服，又加至二钱。经年旧疾皆痊，发乌容少。十年之内，即生数男，乃改名能嗣。后与子延秀服，皆寿百六十岁。延秀生首乌。首乌服后，亦生数子，年百三十岁，发犹黑。有李安期者，与首乌乡里亲善，窃得方服，其寿亦长。遂叙其事而传之云。

何首乌就是一味较名贵的中药，相信有一定的强身健体的功效，但绝对不可能成仙。总是能看到新闻，说山民挖到几百年的何首乌，像人形，也看到过类似的图片，长成这样倒也是稀罕物，有几分神奇。

萝藦

滋补可比枸杞子

别看这个名字怪怪的，农村长大的人对这个缠绕藤蔓植物一点都不陌生。它的叶子呈心形，叶脉清晰，浅紫色小花像五角星，果子一头圆一头尖，有点像纺锤，和牵牛花、鸡屎藤一样，缠绕在篱笆、灌木丛或断井颓垣边。我在运动场边的铁丝网上见到它，觉得很亲切。注意，它的正确读音是“luó mò”，“萝藦”这一名字最早见于《唐本草》。小时候我们叫它“婆婆针线包”，一查还真有这个名称，《本草纲目》上就有这个别称，也有的地方叫它“老鸹瓢”“雀瓢”，大抵都是从果实的形状来命名的。

《诗经》称其为“芄兰”。《诗经·卫风·芄兰》：“芄兰之支，童子佩觿……芄兰之叶，童子佩韘。”小姑娘看到芄兰的枝叶果实，联想到青梅竹马的他佩戴的器具，那个他长大了反倒不如小时候和自己亲近了，心中难免有些失落呢。李时珍在《本草纲目》中记载：“（萝藦）一名芄兰，多年生蔓草，茎折断后有汁如乳，子附长毛，如白绒。”

它有一个很明显的特点，是茎被折断后有白色乳汁流出，所以有些地方又称它们为“奶浆藤”。花朵为白色或浅粉紫色，长满柔毛，有五个花瓣，像五角星，又像海星，虽然一朵花很小，但一簇开在一

起也能让人注意到它。它的花很有特色，雄蕊的花丝互相连合，在花的中间形成一个小小的“海星”，称为“合蕊冠”，雌蕊长长的柱头伸出花冠外。萝藦的果子为黄绿色、长圆形，一头圆一头尖，果皮上有很多疙疙瘩瘩的突起物。由于萝藦花形状特殊，授粉不易，所以结果率低。有时我们看到花朵上有死了的小昆虫，那便是小昆虫去采蜜时被它的“合蕊冠”困住的，吃一点花蜜付出生命的代价，自然也完成不了授粉了。但自然界是很奇妙的，作为补偿，有时一朵花可以结两个果子，像牛角一样长在一起，叫“双生蓇葖果”。剥开果子，里面有许多白色的毛绒种子，萝藦果熟透了也会自动裂开，里面长着白绒毛尾巴的种子就会飞出来，和蒲公英一样像个“小伞兵”，随风飘荡，落到哪里就会开枝散叶，繁衍生息。

萝藦是一味很有名的中草药，全草入药。有俗语说“去家千里，勿食萝藦枸杞”，因为萝藦和枸杞都是滋补力很强的补药，萝藦补虚劳、益精气，出门在外应当少食。只是现在大多数人只知枸杞不知萝藦了。

小时候听大人们说，萝藦的果实可止血，小伙伴不小心弄破了手，就剥开萝藦的果子，把白色的绒毛敷在伤口上，血很快就能止住。也有说，萝藦白色的汁液可以止血，滴到受伤的部位，血便会凝固。查阅《本草纲目》才知道，将子捣烂敷刀伤，可生肌止血，捣叶可敷肿毒，取汁可敷丹毒和蛇虫毒，如被蜘蛛咬伤，捣汁敷患处两三次，就能将蛛丝毒化成脓排出。是不是很神奇？

陶弘景说，萝藦叶厚大，作藤，生摘之，有白汁，人家多种之，可生啖，亦蒸煮食也。按陶弘景的说法，萝藦嫩的茎叶可生吃，也可蒸煮了吃，还有些人说果子幼嫩时也可以吃。但我总觉得白色的乳汁有点邪乎，说不定有一定的毒性。在蔬菜瓜果极度丰富的当下，野菜野果还是尽量少吃，欣赏、了解即可，没必要冒险，更不要去破坏。

爬山虎

房屋穿上绿衣裳

河海校园里好多建筑物上都有爬山虎，河海会堂的最有气势，友谊山上的最美，它们密密地爬满了整个墙壁，使水泥建筑活了起来，会呼吸，有生命。春天，密集的绿叶覆盖了房子的外墙，就像穿上了绿装。等爬山虎的叶子红了，河海的秋色也浓了。

爬山虎又称地锦，是最会爬墙的植物。叶嫩时为红色，后转为绿色，春夏郁郁葱葱，秋天叶子凋落前又变为黄色、红色，为秋天增加一抹亮丽的色彩。夏秋开黄绿色的小花，但常被忽略，结紫黑色的浆果。它生长速度快，沿墙种下一棵，两年就可以爬满一面墙了。它耐阴、耐湿、耐旱，对环境要求不高，在其他植物不易落户的地方，爬山虎却生机勃勃。它是垂直绿化的最佳选择。垂直绿化又称攀缘绿化，是利用攀缘植物向建筑物或棚架攀附生长特性的一种绿化方式。在网上看到一组照片，是浙江嵊山岛的一个无人渔村，所有房子长满爬山虎，宛如绿野仙踪，据说现在这个荒村火了，已经是一个旅游景点了。废弃建筑没有灯火，晚上想来是很恐怖的，像个鬼屋。

爬山虎的根茎可入药，祛风通络，活血解毒，可用于治风湿关节痛，外用跌打损伤、痈疖肿毒等。日本以前还用爬山虎茎里的汁液制作糖浆，称为“甘葛糖浆”。

叶圣陶先生在《爬山虎的脚》一文中，曾对爬山虎有非常生动细致的描述：“那些叶子绿得那么新鲜，看着非常舒服，叶尖一顺儿朝下，在墙上铺得那么均匀，没有重叠起来的，也不留一点儿空隙，一阵风拂过，一墙的叶子就漾起波纹，好看得很。”

河 海

乌蔹莓

随遇而安五叶藤

乌蔹莓可以说是我见过的最随遇而安的植物了，对环境、土壤一点也不挑剔，一不小心它就爬满了坡地、林下、废墟边等，城市里只要不是被水泥覆盖的地方，都能见到它的踪迹，校园里更是常见。

乌蔹莓又称五爪龙、五叶藤、母猪藤等，它也是五片叶子像手掌一样张开，与五叶爬山虎很像，不同的是，乌蔹莓是草质藤本，冬天枯死后，来年从土里长出新芽，爬得也没有爬山虎高和密。爬山虎是木质藤本，冬天叶子落尽后，来年在老藤上抽出新芽。乌蔹莓与五叶绞股蓝也很像，虽然同样是五片叶子，但它们的长法还是有些细微的区别。

乌蔹莓生命力极强，紫红色的嫩芽从土里冒出来的样子很可爱。它一旦出土冒芽，便长势凶猛，迅速长成一片。枝节上生出卷须，遇到树木或建筑物便紧紧地缠绕上去，迅速爬升、伸展，甚至将其覆盖。读过日本园艺家柳宗民写的《杂草记》，得知日本称这种藤蔓植物为"薮枯"，爬满整棵树后可导致树枯死，这个名称倒也挺形象的。乌蔹莓在地上枝繁叶茂，地下的根茎也是纵横交错，不断长出分枝，向四周蔓延，想要彻底清除它非常不容易，只要残留一点点根须，依然会长出新芽。这样侵占土地，难怪农民会讨厌它。

以前也没有注意过乌蔹莓的花，为了发现它最美的样子，我特意等待它开花。它如米小的花也别有一种朴素的美。蔓节上长出与叶柄差不多长的花茎，分成三个枝杈，每个枝杈又分出两枝，顶端长出米粒大小、黄绿色的花蕾，四个黄绿色的花瓣向下反转，几乎看不到，即便盛开，也不艳丽，朴素而淡雅，融入绿叶当中，分不出你我。所有的花与果都在一个平面上，像一把撑开的小伞。

乌蔹莓花期为春夏秋三季，果期为整个秋天。一个花序上，一边开花一边结果，经常花与果并存，果子圆圆的，黄豆大小，开始是青青的，等到它经过一天天秋阳的照射，吸足热量和能量之后，慢慢成熟，变成紫黑色，泛着亮亮的光。大概很少有小朋友去吃它的浆果吧？虽然名字叫“莓”，但一看就不是很好吃的样子，比蓝莓小多了，如果用手捏爆，会让你手上沾满了紫黑色，洗也洗不掉。

乌蔹莓也并非全无用处，嫩的藤叶是兔子和猪的美味，要不它怎么又叫“母猪藤”呢？而且全草入药，有凉血解毒、利尿消肿之功效，葛洪的书以及《本草纲目》等都有记载。

龙葵

缩小版的茄子花

龙葵是常见的野草，又称天茄子、山辣椒、苦葵等，生于田边、荒地及村庄附近，校园时常可见。

龙葵夏季开白色小花，4 ~ 10 朵开成一簇成聚伞花序，秋季结黑色浆果。龙葵的花看了会觉得眼熟，像缩小版的茄子花、辣椒花，没错，它们都是茄科的，茄科可是个大家族，我们熟悉的茄子、辣椒、番茄、土豆、菇娘果、枸杞都是。

黑黑的浆果小伙伴们小时候有没有吃过呢？《本草纲目》《救荒本草》记载“微甜”“味酸”，很庆幸吃过这种小果子的小孩儿安然无恙。据记载，未成熟的果子和植株

含有生物碱，误食会导致严重的消化道、心脏和中枢神经疾病，虽不会致命但也应该比较难受。在食物匮乏时代，好多地方把叶子当蔬菜吃，但也要煮熟，不可生食。现在食物丰富，不缺吃的，还是奉劝各位吃货不要吃了。

龙葵全草药用，能清热解毒、利水消肿。据古代文献记载，服食本品可解劳少睡，可缓解昏昏欲睡。

很多作家也是博物学家、植物爱好者，美国作家梭罗就是，他的《野果》一书在九月十四日这天，记录了龙葵。他记录的北美龙葵的成熟期，大致是九月中下旬，与我们江南的龙葵也差不多。中秋节前后，龙葵就要成熟了。

麦冬

叶子似兰书带草

麦冬，长在校园路边林下，叶子细长像兰叶，或者说像韭菜，秋天开一串串紫色的花，冬天结一串串黑色的果子。最常见的品种有麦冬、山麦冬和沿阶草，现在园林和园艺中应用较多的是阔叶麦冬、阔叶金边麦冬等。校园路边阔叶和细叶的品种都有，阔叶较多。麦冬叶似兰草，有些人误认为是兰花，其叶片丛生而细长，弯曲下垂，四季常青，秋天观花，冬天观果，有较好的绿化和观赏价值。地下膨大的根可入药。《神农本草经》将麦冬列为养阴润肺的上品，言其“久服轻身，不老不饥”，生于阶沿，用为上品。

麦冬也被称为“书带草”，苏东坡就曾写过“庭下已生书带草，使君疑是郑康成”的诗句。郑康成即东汉末年的著名学者郑玄，遍注五经，今存《毛诗传笺》。关于“康成书带草”这个典故，《历代诗话》引《三齐记略》云：

不夜城东有文登山，郑玄删注《诗》《书》，栖于此山。上有古井，石碣旁生细草。叶如薤之叶，其长尺余，坚韧异常。士人谓之“康成书带草”。

古人是很会玩的，将这阶下草都说得这么有书卷气。而且据说郑玄家的婢女都通文墨。南朝宋刘义庆的《世说新语》文学门记载，郑

玄家奴婢皆读书。有一次郑玄家的一位婢女面对主人责打还要申辩，惹主人不高兴了，被拖到泥水里作为惩罚，一会儿，又一位婢女过来，问："胡为乎泥中？"答曰："薄言往诉，逢彼之怒。"可别小看两位女子的一问一答，这可都是《诗经》的句子，分别出自于《诗经·邶风·式微》和《诗经·邶风·柏舟》，真是一门风雅啊，连婢女都能说出这么有学问的"泥中之对"，这也许就是耳濡目染吧！《世说新语》是我很喜欢的一部书，闲来无事便拿来翻阅几篇，其中的小故事都很有趣，名士风流也令人神往。

麦冬还是东方朔书中长生不老的仙草呢。东方朔编写的志怪小说《十洲记》记载，秦始皇时代，有一只神鸟嘴里衔着一株草，从东海飞来，此草叶片细长，花朵紫白相间，带着草木的清香，颇有灵气。秦始皇便派人去问精通医术和法术的鬼谷子。鬼谷子见到此草，十分惊喜，说：此乃东海瀛洲上的不死之药。人死后三天，用其草盖其身，当时即活，一株草就可救活一人。秦始皇十分欣喜，当即派童男童女数千人，赴东海求取长生不老之药，此草即为麦冬。我们现在知道，麦冬自然没有长生不老的神奇功效，但麦冬作为药材，是有显著药效的，不然古人不会将其作为上等的滋补品。

商陆

我行其野胭脂草

印象中小时候商陆并不多见，山地林下才能见到，现在好像多起来了，校园里、小区都能见到，树下、墙角边桀骜地长着，能长到半人高甚至一人高，生机勃勃，生命力很强的样子。商陆的根很像人参，所以也叫土人参，也有称之为山萝卜的。身边多见的是垂序商陆，顾名思义，成串的花序果序是下垂的。商陆夏秋开花结果，小小的花呈浅绿色或接近白色或浅紫色，聚成花穗，一串串低垂，很是可爱。每朵小花中间有一个绿色的小圆球，小圆球越长越大，长成黄豆大小的扁圆形的果实。果实由绿转红再转紫，成熟的果子呈紫红色甚至紫黑色，色泽发亮，一串紫色的油光发亮的浆果下垂着，挺美，也挺诱人，但千万别去采了吃，有毒。商陆是传统药材，但用药要谨慎。一般认为，绿茎的可以当野菜吃，红茎的商陆则有毒，高濂的《遵生八笺》将商陆归入“野蔌”类，并记载它的吃法：“采苗茎洗净，蒸熟，食加盐料。紫色者味佳。”现在不缺蔬菜，还是别冒这个险了。深秋季节不仅果子美，商陆的叶子也变红，挺好看的。

商陆古称“苋陆”，《诗经·小雅》说：“我行其野，言采其蓫。”其中的“蓫”，指的就是商陆。

商陆还有一个名字叫胭脂草。古人云：胭脂草，女儿心。因为商

陆扁圆形的浆果，成熟时呈深红紫色或黑色，掐开会有紫色的汁液流出来，民间常当作胭脂涂女孩子的额角，故而得名。清朝东海居士在《胭脂草》一文中写道，羲和步自汤谷，遇受伤玄鸟，命族人养而放之。玄鸟嘤嘤有声，绕飞三匝方去。《诗经》云："天命玄鸟，降而生商。"乃指此神鸟。翌年春，玄鸟衔种子而来。羲和命族人播种子于土中，须臾便生根、吐芽、开花、结果。观其叶如手掌，根如山芋，花似杨柳，果如葡萄，色紫且艳丽。用其叶可饲羊，花可充饥，根可入药，果可做胭脂。羲和甚喜，美其名曰"胭脂草"。尔后，合族上下无不以胭脂梳妆为美。脸用胭脂，手用胭脂，足用胭脂，指甲用胭脂，服装亦用胭脂矣。"东方胭脂"者，羲和部落美女也。

垂序商陆也叫美洲商陆，是从美洲传入中国的，当时也是当作观赏植物传进来的，和凤眼莲（水葫芦）一样。外来物种就怕它们疯狂，让我想到一枝黄花，本地原生的一枝黄花是挺可爱的，但加拿大一枝黄花则疯狂生长，四处扩张，一长一片，侵占了其他植物的生存空间，很多地方基本失控，人们对之束手无策。商陆好像还不至于这样。

石蒜

花叶不见彼岸花

石蒜不是蒜，虽然地下有类似大蒜的球茎，叶子也有点像大蒜叶，但不能当蒜吃。它的花很不平常，却有一个土土的名字叫“石蒜”，花大多为红色，也有白色和黄色的。

红花石蒜的别名却一点不土，而是非常洋气，叫“彼岸花”“曼珠沙华”。石蒜开花于秋季，而它的叶子秋末花落后才长出来，所以花开不见叶，叶生不见花，花叶永不相见，给人以花开彼岸“生死分离”的感觉。还说闻此花香，能让人想起上辈子的前尘往事，所以它的花语是“悲伤的回忆”。

这些附会来源于日本。日本受中国文化的影响，非常重视春分、秋分两个节气。春分、秋分是一年中阴阳交界的节点，犹如黄昏是一天中的阴阳交界点，所以称为“彼岸”，也有与另一个世界相通的意味。春分为“春彼岸”，春分时开的大叶早樱也被称为“彼岸樱”。秋分称“秋彼岸”，是日本的祭礼节日，此时正是石蒜盛开之时，而且石蒜往往在墓地附近较多，一开一片，鲜红似血，花叶分离，所以被称为“彼岸花”。它还被附会成《妙法莲华经》中的接引之花“曼

珠沙华”。这些传说使这美丽的花带上了阴冷的气质，其实它就是长得怪异了一点点而已。喜欢看日本动漫的朋友有时能在动漫中见到这种花。

彼岸花在中国古代也被叫作金灯、赤箭或无义草，最早见于唐代。虽然没有诡异的附会，但评价似乎也不高，段成式所著的《酉阳杂俎》记载：“金灯，一日九形，花叶不相见，俗恶人家种之，一名无义草。”好好的花受此恶名，真替它委屈。石蒜还有一些别名如龙爪花、蟑螂花、蜘蛛花、牛屎花、平地一声雷等，都比较形象而接地气。

野生石蒜长在阴暗潮湿的地方，如背阴的山坡或溪旁，生长环境也有些阴冷，但现在是较常见的园艺观赏植物，公园、花坛常见，校园中好多地方都有栽种，三个校区都有，江宁校区致高楼后水杉林下，常州校区若水路边、图书馆后、学生宿舍楼前，花开时如鲜红的海洋，非常壮观，也很喜庆。石蒜有药用价值，此花有毒，勿随便采摘，远观即可。

酢浆草

遍地开花三叶草

酢浆草的“酢”读“cù”（音同“醋”），不读“zhà”。记住“醋”字就好了，因为它的叶子味道酸酸的，我尝过，是饱含叶酸的缘故，台湾就叫它“三叶酸”。酢浆草的叶子是由三片心形的小叶组成的掌状复叶，所以也叫“三叶草”，开黄色的小花。园林中应用的是开红花的“红花酢浆草”和紫色叶子的“紫叶酢浆草”。红花酢浆草校园里最多，花开一大片很漂亮。还有白色酢浆草，是爱尔兰的国花。酢浆草是我见过的生命力最强的植物，没有之一，我阳台上的花盆里酢浆草经常自己就长满了。据说它遍布除南极之外的世界各地，只要有一点点泥土就能安家。

念白字“炸”浆草的人，给你一个合理的解释。酢浆草直立的小蒴果，用手指轻轻一碰，果荚便会炸开，将小小的种子弹得老远。它成熟后自己也会炸开。有一次，我发现阳台上落地窗玻璃上，布满了小黑点，还以为是哪个花盆里有虫子爬了出来，仔细一看不是，研究了半天，终于明白是花盆中自己长出来的酢浆草“炸”出的种子。酢浆草匍匐在地，是最最普通，低至尘埃中的草，但它也能从尘埃中开出花来，并用小小的策略，将自己尘埃般细小的种子传播得尽量远些。我觉得，我们不能轻视任何一种植物呢。

有些人会把酢浆草和苜蓿搞混，虽然都是三片叶子的，其实，酢浆草和苜蓿完全是两类不同的物种，也没有什么亲缘关系。苜蓿属的白花车轴草也较常见，校园里较多。苜蓿中开黄花的黄花苜蓿，也叫南苜蓿的，是我们餐桌上的美味，也是我的最爱，它还有大家更熟悉的叫法：上海人叫草头，苏州常州叫金花菜，常州有些地方也叫秧草。著名的酒香草头、金花菜蚌肉，便是用它烧的，饭店里也常用金花菜烧河豚，那叫一个鲜美！

酢浆草一般只有三片小叶，才有“三叶草”之称，偶尔会出现突变的四片小叶，称为“幸运草”。据说第一片叶子代表祈求，第二片代表希望，第三片代表爱情，极少见的第四片则代表幸福。小时候也曾找过四片叶子的“幸运草”，但始终没有找到。其实，我们翻找四叶酢浆草的时光，又何尝不是幸福呢？

冬卉

萋萋

蜡梅

素雅清香称寒客

最爱蜡梅的芬芳，带着冰雪的清冽！冬天里万物萧瑟，蜡梅是寒冬里少有的亮色。河海馆门前有几棵很大的蜡梅树，江宁校区致用楼庭院、22舍楼下等处，常州校区若水广场北面及师泽亭东，都有蜡梅。每年冬天树叶落尽的枝条上，密密地开满了明黄色的小花，花香馥郁，沁人心脾，那花儿极多，挤挤挨挨，热热闹闹，而在寥落的环境、冬日蓝天的映衬下，又感觉它是如此的素静淡雅，甚至有点孤芳自赏，“无意苦争春，一任群芳妒”。如果下点雪就更美了，连雪花也是香的，要是《红楼梦》中的妙玉看到，一定会将花上的雪存进瓶子里密封，来年煮茶喝。我等俗人此时从花下走过，什么烦恼也都烟消云散了。

说到蜡梅，很多人会说：是腊梅吧？其实，人家不仅不是“腊”，也不是“梅”！

蜡梅之“蜡”而非“腊”，是因为“蜡梅”得名于其花色如黄蜡，明代王世懋在《学圃杂疏》中说：“人言腊时开，故名腊梅。非也，为色正似黄蜡耳。”这话本身说明明代就有人误为“腊”了，李时珍《本草纲目》讲得比较清楚：蜡梅，释名黄梅花，此物非梅类，因其与梅同时，香又相近，色似蜜蜡，故得此名。蜡梅在宋以前名为“黄梅”，得名“蜡梅”与苏轼、黄庭坚师徒俩有关。苏轼曾写蜡梅“香

气似梅，类女工撚蜡所成，因谓蜡梅”，并作蜡梅诗曰：“蜜蜂采花作黄蜡，取蜡为花亦其物。”“苏门四学士”之一的黄庭坚有《戏咏蜡梅二首》，题注云：“京洛间有一种花，香气似梅，亦五出，而不能晶明，类女功撚蜡所成，京洛人因谓之蜡梅。”黄庭坚显然没有仔细观察过蜡梅，蜡梅并非“五出”，而是有10个左右的花瓣，因品种不同有12、14、15不等。

到清代，“蜡梅”与“腊梅”就相通了，清初《花镜》载：蜡梅俗称腊梅，一名黄梅，腊月开放，故有其名。所以现在称“腊梅”也不能算错，但不能因为俗名而忘了人家的真名。

蜡梅也不是梅花，蜡梅属于蜡梅科，而梅花属于蔷薇科。蜡梅多为灌木、叶对生，梅花多为乔木、叶互生；蜡梅花都是黄色的，而梅花有白色、红色、绿色等多种颜色；蜡梅花香浓郁，梅花是淡淡的幽

香；结的果子形状也不同，蜡梅的果子是奇特的，有点类似椭圆形，而梅花结的梅子是圆圆的；蜡梅的果子有毒，梅花结的梅子可以吃，青梅煮酒，或做成蜜饯。

蜡梅树形并不十分好看，因为是灌木，枝条比较杂乱，但这并不影响我对蜡梅的喜爱。蜡梅先花后叶，在凋败的冰雪寒冬，能见到一树嫩黄，远远就能闻到沁人心脾的香气，怎会不让人欣喜呢？人说梅花“凌寒独自开”，其实梅花开放已是春天，最冷的时候梅花也不开花，要到平均温度 6 ~ 7℃时才会开花，盛开要到 3 月初，南京梅花山、无锡梅园、苏州光福邓尉山等均是赏梅佳处，最佳观赏期都要到 3 月上旬。所以梅花也只是花期稍早，稍微耐寒而已，真正“凌寒独自开”“越冷越开花”，不惧冰雪，即使温度在零下也开出娇艳的花朵的，是蜡梅，而非梅花。一般蜡梅凋谢后梅花正好开放。李商隐有“知访寒梅过野塘”的名句，所以蜡梅又称“寒客”“早梅”。

蜡梅较好的品种有素心、磬口等，花瓣仿佛蜡质的，花大色美香浓。我最喜欢素心，素心蜡梅也叫“冰心蜡梅”，花色纯黄，香气馥郁。因其花开时不全张开且张口向下，似金钟吊挂，故又名“金钟梅”。磬口蜡梅外轮花被片淡黄，内轮花被有紫红色边缘和条纹，香气清逸。还有一种叫狗蝇梅，或狗牙梅的，花小，花瓣尖狭而薄，香味淡，时人不喜，但此品种却是原生蜡梅，生命力极强，人们一般以狗蝇蜡梅做砧木，嫁接素心蜡梅、磬口蜡梅等优良品种。

我种过一棵老根素心蜡梅，悉心照料，可惜养了五六年还是被我养死了，第二年又入手一盆。

汪曾祺先生写过《蜡梅花》，他写道，他家后园有四棵很大的蜡梅，每年冬天都开满了花。汪先生小时候，每到大年初一都会爬到树上采些蜡梅的花骨朵，配上南天竺的红果，用极细的铜丝穿成珠花，送给祖母、继母、伯母戴在鬓发上。那情形想想都美。汪先生对自己的手艺肯定很满意，他在文章最后写道：“我应该当一个工艺美术师的，写什么屁小说！”这老头儿真可爱，我喜欢他！

茶梅

叶子似茶花如梅

江南萧瑟寒冷的冬日，能见到绿色或朴素的小花已是不错了，鲜艳的红花绿叶是十分稀罕的，开得最美丽的冬花，茶梅当之无愧。校园多处栽种，地栽盆栽都有，小池塘边种了不少，图书馆东报栏下，就常年放着一排盆栽茶梅，为寒冷的冬日增添了许多暖意。

茶梅，花树并不高大，比较秀丽，其叶似山茶而小，革质，厚实，花大多为艳丽红色，也有白色的，或绚丽如火，或素雅如雪，十分可人。茶梅花期很长，可以从 11 月初开到来年 3 月，装点整个冬天。明代高濂《遵生八笺》中有《四时花纪》篇，说茶梅："开十一月中，正诸花凋谢之候，花如鹅眼钱，而色粉红，心黄，并且耐久，望之雅素。无此，则子月几虚度矣。"

有人肯定会说，这不是茶花吗？人们平日习惯了将山茶属植物笼统地叫作“茶花”，但这些“茶花”中，我们常见的既有山茶，也有茶梅。茶梅是山茶科，因叶似茶，花如梅而得名。茶梅与山茶虽相近，但还是有区别的。区别在于：茶梅植株比较小，山茶较高大些；茶梅开花早，山茶花要迟一点（1—3 月）；落花的形态不同，茶梅是花瓣一片片散落，而山茶花是整朵凋落。只要看到地上有一片红红的花瓣，落花也能自成美景，那就是茶梅无疑。本人确认过落花，常州校区校园里大家见到的多是茶梅，江宁校区叠翠山上有山茶花。

明代画家陈道复有《茶梅》诗，通俗流畅地写出茶梅的特点：“花开春雪中，态较山茶小。老圃谓茶梅，命名亦端好。”古代诗词中将茶梅称为“海红”。宋代刘仕亨《咏茶梅花》写了茶梅优雅的形象和超逸的气韵：“小院犹寒未暖时，海红花发暮迟迟，半深半浅东风里，好是徐熙带雪枝。”

松树

百木之长阳刚美

“岁寒，然后知松柏之后凋也。”松树四季常青，造型庄严肃穆，寓意吉祥。我国自古以来就对松树怀有一种特殊的情感，常用松树象征君子，赋予其坚强不屈的品格，把松、竹、梅誉为“岁寒三友”。屈原的《山鬼》中说：“山中人兮芳杜若，饮石泉兮荫松柏。”只有松柏才能与山神相配。李白曾赞颂松树：“愿君学长松，慎勿作桃李。受屈不改心，然后知君子。”还有如“大雪压青松，青松挺且直”“明月松间照，清泉石上流”“松下问童子，言师采药去”。关于松树的诗，随便一说，就有好多。

《史记》有言：“松柏为百木之长。”松树是最具阳刚之美的树，也是诗画中最受欢迎的题材。人们也十分喜欢将“松”用于人名，不信你想想，你一定认识几个叫“雪松”“劲松”“小松”等的朋友吧?

广义的松树，是泛指松科植物，它们长得都差不多，均是针叶。狭义的松树仅指松属的种类，其他属的都不能算真正的松树。譬如雪松，是城市绿化最常见的针叶树之一，也是我们校园里较常见的。然而它是雪松属的，不是松属，因此严格意义上它不能算是真正的松树。

松树的种类有 80 多种，中国原产的松属植物就有 20 余种，是城市道路、园林绿化的常见树种，属于裸子植物。校园里我所见到过

的广义上的松树，雪松最多，河海馆前，叠翠山上，常州校区为学楼、英才楼北面，都有雪松，此外还有马尾松、黑松等。

许多人对松树的最初印象来自雪松，它植株高大挺拔，有美观的塔形树冠，雄伟苍劲，树形非常优美，再加上终年常绿，确实是极具观赏价值的庭院树种。雪松的叶呈典型的松针状，质地较硬，表皮有较厚的角质层，可以防寒，松针扎到手还是有点痛的。雪松的针叶为簇生或散生，而松属植物的针叶成束生长，根据不同种类，每束可能有 2、3、5 根针叶，这也是判断它是不是真正的松的方式。长江以南的雪松由于温度较高，通常不易结果。

虽然雪松是常见的城市绿化针叶树，而且松科几乎所有属在中国都有分布，但唯独缺了雪松属，中国的野生雪松尚未被发现。

校园里还有一种叫“马尾松”，马尾松的针叶较长，柔软下垂，

2 针一束，3 针一束少见。《本草纲目 · 松》曰：“叶有二针、三针、五针之别，三针者为栝子松。”三针一束的白皮松，即古代所谓栝子松。

马尾松在我国分布最广，南方也多见。它生长迅速，因富含松脂，当柴烧最好，所以有的地方也叫“柴松”，但它也有其天然优势，可大面积用于荒山绿化的人工林。而且马尾松还是我国松香产业的主要原料。我原来只知道二胡的弓弦弓毛上须常搽松香，否则拉不出声，其实松香是重要的化工原料，广泛用于胶黏剂、油漆、油墨、橡胶、电气、食品等工业。

西康路校区档案馆外东北角、常州校区桃李峰后面，有几棵黑松。黑松的树形也高大，但没有雪松那样整齐好看，晚上看过去感觉有点阴森诡异。黑松针叶 2 针一束，较马尾松短。这几种松树都结不出好吃的松子，北方的松树才能结出好吃的松子。韦应物有诗“空山松子落，幽人应未眠”，这种松，大概应是华山松。

松树全身都是宝，有经济价值、观赏价值和药用价值。松树因为长寿、常青、造型骨骼清奇，故常被赋予一些养生治病功效。松针、松脂、松节，还有松树上长的茯苓，都名列药典。还有曾被神话了的松花粉，有一阵人们热衷于吃它，吹嘘得神乎其神的。

校园里还有罗汉松，是罗汉松科罗汉松属的一种常绿乔木。经常作为盆栽，有的修剪成优美的造型，很有禅意，在国内南方的很多寺庙经常能见到罗汉松，罗汉松与日式庭院的“枯山水”很是相配，日式盆栽也离不开它们。

罗汉松种子呈卵圆形，外被肉质假种皮，成熟时呈紫黑色，带有白粉。下端种托为肉质圆柱形，红色或紫红色，像极了一尊小罗汉。裸子植物没有植物学定义的花和果实。罗汉松生命力顽强，但不耐寒，生长缓慢，是很名贵的观赏树种，它木材质地坚固，防水耐火，也是古代很好的建筑和家具用材。

柏树

枝叶浓密品坚贞

柏树与松树一样，经冬不凋，经常松柏并称，但松是松，柏是柏。柏树有侧柏、圆柏、刺柏等多个品种。西康路校区有一些高大的柏树，环境学院外面有棵龙柏，常州校区英才楼南有些侧柏是建校初年就栽下，已有 30 多年了，我记得刚到学校工作时，有一年植树节还去那

儿围墙边种过树呢，当时英才楼还没造。为学楼西的三只“恐龙”就是柏树的造型。常州校区离恐龙园较近，校园里又有三只柏树恐龙，所以学生戏称常州校区为“恐龙园校区”。

“柏树”之名先秦时就有了，《诗经》有一首《柏舟》：“泛彼柏舟，亦泛其流。”《礼记》中把柏木称作“椈”，杜甫写有《古柏行》：“孔明庙前有老柏，柯如青铜根如石。霜皮溜雨四十围，黛色参天二千尺……苦心岂免容蝼蚁，香叶终经宿鸾凤。志士幽人莫怨嗟，古来材大难为用。”这是借古柏说尽流落的心酸。

按李时珍的说法，万木皆向阳，一般树木南面茂盛，而柏独西指，柏树的枝条向西方尤其浓密，“五行”中西方属金，其色白，所以柏树就以“白”字为名，是怀有“金德”的树木，这也难怪杜甫抒怀选择柏木而非别的什么树了。

柏树常见的有侧柏和圆柏。侧柏的叶扁平呈鳞片状，交叉对生，排成一个平面列于小枝上，正所谓“叶扁而侧生”，李时珍说，柏有数种，入药惟取叶扁而侧生者，故曰侧柏。可见，只有侧柏能入药。

侧柏的枝叶含有特殊的清香，诗人王维《戏题辋川别业》诗言：“藤花欲暗藏猱子，柏叶初齐养麝香。”在我家乡，以前结婚的嫁妆或者寿礼上，都会放一枝青青的柏枝。

也许是看重侧柏德操坚贞，性属阴的品格，柏树早自先秦时起，就被选为陵墓用树，周礼有言：“天子树松，诸侯柏。”但其实上至天子，下至庶人，陵墓多植柏树，已成国人的传统，如黄帝陵的千年古柏，诸葛亮墓前的“森森古柏”，岳飞墓前的“忠贞柏”。也许还有一种原因，按照东方朔的说法，“柏者，鬼之廷也”，鬼神喜欢幽暗的地方，所以把枝叶浓密的柏树林当作了自己的地方。《古诗十九首》其一云：

青青陵上柏，磊磊涧中石。
人生天地间，忽如远行客。

后两句讲得太对了，“人生如寄”，何必执念！

松柏以老为贵，“苍松古柏”，越老越有味道。人皆以年轻为贵，但在古画中的人物基本都是老者，童子不是书童就是琴童，只是衬托而已。

如今的古柏，除了陵墓，还见于寺院之中，“荒凉古庙惟松柏”。柏树寿命长，可达数百年甚至上千年。十多年前，我在北京古刹潭柘寺见到两棵参天古柏，高达 30 多米，是北京最高的古柏。这两棵古柏为辽代所植，所以名叫“千年柏”，被视为寺内神树。难于上青天的蜀道两边，有许多历年种下的千年古柏。

侧柏抗旱、耐寒、耐贫瘠，生存能力及环境适应力较强，适合在各地栽种。它还是北京市的“市树”之一（另一是国槐）。苏东坡有句诗：“不嫌雾谷霾松柏。”它浓密的枝叶，可以有效地吸附空气中的 $PM_{2.5}$，还真有防霾效果，如此，虽然它有些阴森，我们也真的“不嫌”了。

柏树还有一种是圆柏，与侧柏不同的是，圆柏同一棵树上既有刺叶又有鳞叶，一般幼株上是刺叶，老株上则二者兼有。其实这个圆柏，就是古代的“桧”，李时珍说，柏叶松身者，桧也。其叶尖硬，亦谓之栝。今人名圆柏，以别侧柏。

区分侧柏和圆柏，如果看叶子分不清，只要看看它们的球果就好了。侧柏的球果，呈卵圆形，有疙疙瘩瘩的突起，带有尚未完全发育的种鳞的痕迹，成熟后开裂，红褐色；而圆柏的球果呈球形，不开裂，青褐色，外面似乎带点白粉。环境学院外面的龙柏，就是圆柏的一种。

竹

君子人格不流俗

竹，挺拔直立，修长有节，四季青翠，凌霜傲雪，备受中国人喜爱，与梅、兰、菊并称为“四君子”，与松、梅并称为“岁寒三友”。古今文人墨客，爱竹咏竹，绘画抒怀，形成了独有的竹文化。《诗经》云：“瞻彼淇奥，绿竹猗猗。有匪君子，如切如磋，如琢如磨。”是最早将竹与君子联系在一起的。

竹子受文人雅士的喜爱，主要因以下特性：一是直而挺拔，宁折不弯，是正直刚强的象征；二是有竹节，好像君子有气节；三是竹子内部虚空，代表虚怀若谷，虚心，白居易云“水能性淡为吾友，竹解心虚即我师”；四是竹子生命力顽强，山间岩石中也能生长，且傲雪凌霜，在寒冷的冬天也青翠不凋；五是被赋予超然卓尔、质朴淡泊等美好品格。

王羲之的儿子王徽之爱竹成癖，不可一日无竹。苏东坡留下了“宁可食无肉，不可居无竹。无肉令人瘦，无竹令人俗。人瘦尚可肥，士

俗不可医”的诗句。郑板桥善画竹，有诗《竹石》：

咬定青山不放松，立根原在破岩中。

千磨万击还坚劲，任尔东西南北风。

明代唐宋派的领袖常州人唐顺之（荆川）有一篇名篇《任光禄竹溪记》，侧重写园林之竹，赞颂竹子“孑孑然，有似乎偃蹇孤特之士，不可以谐于俗”。园记不仅以竹喻人，赞美园林主人任卿那样不谐流俗、孤高傲世的士人君子，而且蕴藏着鄙视朝廷权贵、追求自得自适的人格精神。唐顺之笔下的竹子，也与他孤高独立的品格相呼应。他与当时权倾一时的内阁大学士张璁“不相亲近”，受排挤而称病归乡，潜心学问。

清代常州名士钱维乔，字季木，号竹初。何以自号“竹初”，他有一篇《竹初说》以论之：“夫竹性直，直以立身；竹性虚，虚以体道；竹贞节，贞以植志。故其为物也，非草非木，不柔不刚。在《易》

取象于震，在《礼》喻其有筠。”他对竹子的评价非常高。

“郎骑竹马来，绕床弄青梅”(李白《长干行》)则是另外一番景致，对竹子多了一份亲切感，让我们仿佛回到童年时光，忆起小时候在竹园里嬉戏游玩的光景。

竹子浑身是宝，竹叶可以泡茶喝，解渴除烦恼，竹笋是美味佳肴，竹竿可以做器具家具，可以造纸等。竹子生长迅速，夸张地说可以“早间种树，晚上乘凉”。竹子的花呈穗形，黄绿色，估计很少有人见过竹子开花，因为竹子一生只开一次花，开花后的竹干和竹叶都会枯黄而死。一生一花，死而无悔。“竹死不改节，花落有余香”，这是怎样的决绝，令人心生敬佩。

竹子是多年生禾本科竹亚科植物，种类很多，有毛竹、淡竹、刚竹、凤尾竹等，我还见过紫竹、金镶玉竹、方竹等品种。扬州个园是个竹子博物馆，里面有各种品种的竹子。我曾去过洞庭湖中的君山岛，岛上长满了斑竹，又名湘妃竹，相传那竹竿上的斑点，是娥皇、女英的斑斑泪痕。

中国的竹子分布于全国各地，但以长江流域和珠江流域为最多，江南的气候十分适于竹子生长，江苏的苏州、常州溧阳、无锡宜兴等地，浙江的安吉、临安、德清都有漫山的竹海。去年暑假，我还去了安吉竹海，电影《卧虎藏龙》就是在那里拍摄的，茂林修竹，满目青翠，让人流连陶醉。

由于竹子的地下茎入土较浅，出笋期在夏、秋，新竹在当年不能充分木质化，经不起寒冷和干旱，北方的大雪也会将竹子压坏，因而在北方生长受到限制。而且竹子生长迅速，生长量大，对水分的要求很高，既要有充足的水分，又要排水良好，北方干旱少雨，不利于竹子的生长，秦岭以北雨量少、气温低，仅有少数矮小竹类生长。

江南竹子很多，人们也不以为贵。常州校区竹子也有好几处，有淡竹、刚竹、箬竹和凤尾竹。西康路校区张闻天铜像后面坡上的竹子长得最好，也衬托了张闻天的高尚品格。江宁校区叠翠山上也有竹子。

枸骨

叶子多刺鸟不宿

枸骨，又名猫儿刺、老虎刺、八角刺、鸟不宿等，它四季常青，为常绿灌木或小乔木。枸骨最有特点的是它的叶子，形状很奇特，有尖尖的刺，叶子先端有 3 枚尖硬刺齿，叶基部为圆形或近截形，两侧各具 1 ～ 2 个刺齿，叶色碧绿光亮，革质。枸骨春天开满朴素的小花，入秋后艳丽的红果缀满枝条，经冬不凋，非常可爱，是观叶观果兼优的花卉品种。枸骨的果实很吸引鸟雀啄食，但它叶子上尖尖的刺儿会令鸟儿害怕，所以有“鸟不宿”的别名。

枸骨在江浙地区是很常见的植物，生长于山坡谷地灌木丛中，喜欢阳光充足、气候温暖及土壤干燥的地方。江南地区以前常在高岗上坟地里见到枸骨。以前这种灌木因为叶上尖硬的刺是不怎么受人待见的，不知从何时起，城市庭园开始栽培，后来据说枸骨做成盆景很值钱。它被认为有辟邪的作用，很受人们喜爱，于是乡下一些野生的枸骨树就莫名其妙地消失了。我经常去爬的竺山湖的小山，曾有一片比人还高的枸骨，走过它旁边要小心翼翼的，忽然有一天，山上只留下几个大坑，枸骨不见了。枸骨生长缓慢，长这么大估计也有好几十年了。为什么人类的喜好会变成植物的灾难呢？我们校园里都有零星的枸骨栽种，如江宁校区叠翠山上、致用楼庭院等处。

枸骨和欧洲冬青很像，青青的叶、红红的果，欧美国家常用后者作圣诞节的装饰，在圣诞卡片上常能见到。枸骨也是冬青科的。枸骨的叶、果实和根都能入药。叶能治肺结核潮热和咯血，根有滋补强壮、活络、清风热、祛风湿之功效，果实用于阴虚身热、筋骨疼痛等。

如果你喜欢枸骨，可以自己种一棵，不需要花钱买，扦插或种子播种都可以，野外如有枸骨树，它周围地上一定有许多小苗，拔一棵回来种上，看着它慢慢长大，岂不是很好？

红豆杉

『植物熊猫』吉祥树

常州校区文体馆东有一片红豆杉园，是 2011 年由红豆集团的一位校友捐赠的，树下石碑上刻着“校友林”。

红豆杉是世界上公认的濒临灭绝的抗癌植物。它是最古老的植物之一，是经过第四纪冰川遗留下来的古老孑遗树种，它在地球上已有 250 万年的历史，树龄可达 5000 年以上，是名副其实的“长寿树”。红豆杉是世界珍稀濒危物种，是活化石，有“植物大熊猫”之称。红豆杉在自然条件下生长速度缓慢，再生能力差，所以能在地球上生存至今真是不容易，人类在它面前要有敬畏之心，要保护好它。我国已将其列为一级重点保护植物。

红豆杉本身的观赏价值很高，四季常青，叶子翠绿，它结的红果，晶莹剔透，像一颗颗红宝石，吉祥喜庆，让人心情愉悦，所以又称为“吉祥树”。

红豆杉全身是宝。它是名副其实的制氧机，能不停地吸收二氧化碳，释放氧气，增加空气中的氧气含量，有益于人们身体健康。它能净化空气，不仅可以吸收一氧化碳、二氧化硫等有毒物质，还能吸收甲醛、苯等致癌物质，起到防癌作用。从红豆杉的植物体内提取的紫杉醇是目前世界上最好的抗癌药物成分之一，具有很高的开发利用价

值。红豆杉的抗虫抗病能力强大，不招虫，还有驱逐蚊虫的作用，它能释放出一种有柠檬味道的物质，蚊虫不喜。既然红豆杉有这么多好处，室内盆栽植物中，它应该是最理想的选择。但是，红豆杉不容易养护，它不耐强光，不耐干旱，不耐水涝，不喜通风不好的封闭环境，想养好还真不容易，反正我养不好，养死过两棵。

有些人看到“红豆”，肯定会想起王维的诗：“红豆生南国，春来发几枝。愿君多采撷，此物最相思。”但要说明一下的是，诗中的“红豆”又名“相思子”，不是红豆杉的红豆，它们是两种不同的植物。

火棘

冬天里的『一把火』

火棘，一听这名字，就能联想到红红火火这个词，红彤彤的火棘果在寒冷的冬天，给人一种温暖的感觉。江宁校区的小山上、常州校区若水广场南面都有，冬日结满火红的果。

火棘是四季常绿的灌木或小乔木，4 月份繁密的枝条上开满密密的白色小花，花落结果，初为青绿色，随着天气转冷而慢慢变红，开始它并不引人注目，这一切也在不知不觉中完成，在繁花落尽的寥落冬日，仿佛一夜之间，人们发现密密的小红果缀满了枝条，此时它就有足够的存在感了。整个红果几乎可遮严全部叶片，如果不是被鸟儿吃掉的话，可保留到第二年春天不落，观果期长达半年之久。真是春有繁花，冬有红果，花繁果密，以多取胜。它在路边可以用作绿篱，美化、绿化环境，具有良好的滤尘、清洁空气的效果。

我曾在拍照的时候仔细观察过火棘的果子，呈火红色，所以有红果、火把果、火焰果的别名，比黄豆略大，扁圆形，有点像微缩版的山楂。据说火棘果可以吃，并富含维生素，一颗小果子的维生素含量相当于一个苹果，被称为“微果之王”。为了写作时有发言权，我还采了一颗尝了尝，味道酸甜，跟山楂的味道有点类似。我国是世界上火棘果食用记载最早的国家，已有 1700 余年的历史。旧时灾荒之年，

百姓经常会去山里采摘火棘果，晒干后磨成粉，代替粮食，以备青黄不接之时食用，所以火棘也有“救军粮”之别名。如果想听故事，这里又可以写一个有趣的故事了。

火棘虽貌不惊人，姿态朴实，但可谓浑身是宝，以果实、根、叶入药，性平，味甘、酸，叶能清热解毒，可以当茶饮，外敷治疮疡肿毒，根部是清热凉血的重要药材，多用于骨科疾病，火棘的果实也是一种中药材，平时多用于肠炎和消化不良等症状的治疗，对小儿疳积也有疗效。

南天竹

叶形隽秀『毒美人』

南天竹虽然名字中有个“竹”，但它和竹子真是相差十万八千里，它是小檗科的常绿小灌木，大概是因为南天竹“叶叶相对，而颇类竹”的外形，再加上它的茎干和竹子有点相似，才有了南天竹这个名字吧。南天竹有时也被叫作“南天竺”，有人以为它是从印度引进的，其实它原产于中国，长江流域较多。在元朝的《竹谱详录》中，南天竹被称为“蓝田竹”，让人想起“蓝田日暖玉生烟”，很有些诗意。常州校区有好些南天竹，江宁校区致高楼 A 区庭院里也有一片，安静地等待人们去欣赏。

南天竹植株优美，羽状复叶很是隽秀。南天竹的枝叶有的是红色，有的是绿色，我也很好奇为什么。经观察，我发现南天竹嫩叶初为红色，后转绿，或者在寒冷的冬日阳光充足的地方，叶子会变红，还有一种品种任何时候都是红色的，被称为“火焰南天竹”，就像石楠也有类似的“火红石楠”。

南天竹春夏季开白色小花，有香味，但春天的花实在是太多了，它的花不会引人注目，但到了冬天，一串串果子变成美艳的红色，就很有观赏价值了。人们觉得南天竹叶形优美，红果喜庆，喜欢将它栽种在庭园中，或做盆栽，或作为插花的花材。在日本，南天竹还有消

灾解厄的寓意，是受欢迎的年花之一。

不少植物红红的小果子是可以吃的，如火棘果，但南天竹果子虽然诱人，你可千万不要被它美丽的外形迷惑，它是有毒的。它不仅果子有毒，且全株有毒，是个十足的“毒美人”，它含有生物碱，在中国植物图谱数据库被收录为有毒植物，中毒症状为兴奋，脉搏先快后慢且不规则，血压下降，肌肉痉挛，呼吸麻痹，昏迷等。所以，虽然南天竹有药用价值，可以止咳平喘，用于治疗小儿哮喘、百日咳等，但如不是医生就不要去冒险了，只可远观不可亵玩。

明代高濂《遵生八笺》中介绍“结子可观盆种树木”，有提到“阑天竹”，就是南天竹，文中说：“生诸山中，叶俨似竹，生子枝头，成穗，红如丹砂，经久不脱，且耐霜雪。植之庭中，可避火灾，甚验。”我很好奇，为什么南天竹可避火灾，他怕别人不信还加了两个字：“甚验。”究竟是什么来头？原来是因为一个传说：相传当年轩辕皇帝铸鼎南湖，百神受职时，东海少君就把南天竹献给了他，说南天竹是“女娲以炼石补天，试以拂水，水为中断；试以御风，风为之息。金石水火，洞达无阂”，听起来非常高大上的样子。轩辕帝就将南天竹种在蓬壶之圃。之后，南天竹就有了“植之庭中，可避火灾”的说法。

白杨

昂扬向上性质朴

提到“白杨”，出生于20世纪五六十年代的人肯定不会忘记茅盾的《白杨礼赞》。茅盾在《白杨礼赞》中开门见山道：“白杨树实在不是平凡的，我赞美白杨树！”文中突出白杨树的挺拔向上：“那是力争上游的一种树，笔直的干，笔直的枝……它所有的丫枝呢，一律向上，而且紧紧靠拢，也像是加以人工似的，成为一束，绝无横斜逸出；它的宽大的叶子也是片片向上，几乎没有斜生的，更不用说倒垂了。”挺拔确实是白杨的特点，但茅盾写的是生长在西北黄土高原上的白杨，与生长在江南水乡的白杨还是有点不同的。这里的白杨枝丫向上但并非成一束，而是舒展的，宽大的叶子也有随意斜生的，这样使这些白杨有了些婆娑的姿态，在质朴坚强中增添了些许温柔的美。这也许是江南温润的水土给了它们宽松的环境，更能让它们呼吸湿润的空气吧。

白杨适应性强，生命力顽强，只要给它一点土和水，它就能撑起一片绿色。它随遇而安，与世无争，再贫瘠的土壤也能生存。春天郁郁葱葱，夏天洒落阴凉，秋风里落叶纷飞，早早提醒大家秋的到来，严冬里，它不惧风霜，依然高昂着头，落尽叶子的枝条伸向蓝天，简练干净，像钢板蚀刻一样，似在静静地思索，在为来年积蓄力量。秋冬季节早晨或傍晚在逆光里看这些白杨树是最美的。白杨生长迅速，树干修直，在古代是很好的建筑材料。屋材以松柏为上，但松柏生长缓慢，其次便是白杨，成材较快又直。

茅盾在《白杨礼赞》中把白杨比作北方的农民，我要把白杨比作河海的学子，他们扎根大地，朴实无华，质朴坚强，昂扬向上。

在常州校区若水广场的西面，有一片高大茂密的白杨林。这片白杨林无论从生态、美学还是校史的角度，都是很重要的，我刚进校的时候，这里还是一片小白杨林，是校区建校初期老师带着学生们种下的，一天天看着它们长大。30 多年了，它们挺拔的身姿已有了历史感，它陪伴一届届的学子，见证这片土地上人们的喜怒哀乐。

木犹如此，人何以堪啊！

榔榆

姿态潇洒身斑驳

西康路校区就读的同学及毕业的校友们，除了法国梧桐大道外，心中一定还有一棵树，长在那小山坡上，树不高却优美，姿态潇洒，树冠像一把伞撑开一片小小的天地，小小的树叶，斑驳的树干，秋冬季树叶转黄转红，为校园增添温暖的色调，来年春天树叶又悄悄换回绿装。你也许在这树下晨读过，或约会过，它一定给了你许多美好的回忆。这棵树叫榔榆，它可能是河海独一无二的存在。

榔榆是榆树，但不是一般的榆树。榆树是家常之树，北方较多，很多人曾在家前屋后见到过榆树，陶渊明《归园田居》中说："榆柳荫后檐，桃李罗堂前。"也许小时候还有人曾吃过"榆钱"，现在基本上也没什么机会吃它了，因为好吃的东西太多了。我喜欢《牡丹亭》

中唱的“一丝丝垂杨线，一丢丢榆荚钱”。

榔榆和一般的榆树有什么区别呢？最明显的区别在于树皮，榔榆的树皮呈浅褐色，会裂成一小片一小片脱落，使树干斑斑驳驳的，有点类似法国梧桐或白皮松，所以又称“掉皮榆”，榆树的皮呈深褐色，有竖着的裂纹，非常粗糙；榔榆的叶小而厚，别称“小叶榆”，榆树的叶子要大一些；榔榆秋天开花，而榆树是春天开花。

我们校园里的榔榆并不高大，你不要以为榔榆只能长成这样，它可真是能屈能伸，“榔”字是“高木”的意思，如果土壤环境适宜，它可以长到20多米高，有时还会长出板根。目前发现的最大的榔榆，在陕西省宁陕县南梦溪，树龄约3000年，直径达2.1米，造形极其优美，枝繁叶茂。但在干旱贫瘠的地方，它就长成灌木，几十上百年也长不到多高。它还是很好的盆景材料，是著名的盆景“七贤”之一，所以有些人在山里挖榔榆的树桩，做成盆景，卖得高价，但却对当地的生态造成了破坏。

榔榆的木材坚实，用途广泛，树皮纤维细密，是优良的造纸材料，根、皮、茎、叶均可入药，有消肿止痛、解毒治热的功效。

乌柏

菱形叶片渲染秋

原来在校园只看到些零星的乌柏树小苗，正为秋天学校没有乌柏树而遗憾，一天在拍摄枫香、银杏的时候，突然发现师泽亭前一棵大大的乌柏树，真是意外之惊喜。

乌柏，以乌鸦喜食其种子而得名，是三大色叶树种之一。不要以为秋天里颜色鲜艳的只有枫叶、银杏，还有乌柏、黄栌。乌柏秋冬季叶色红艳夺目，观赏性不亚于红枫、银杏。

乌柏是江南乡土树种，已有 1400 多年的栽培历史，江南农村到处能见，且水边居多，是秋冬季一道美丽的风景。明末清初诗人吴伟业的长篇叙事诗《圆圆曲》中写道："传来消息满江乡，乌柏红经十度霜。"此诗通过陈圆圆与吴三桂的聚散离合，反映明末清初一系列重大的历史事件。诗中用江南常见的"乌柏"来指代陈圆圆的家乡。陈圆圆是"秦淮八艳"之一，诗中说她"家本姑苏浣花里"，其实陈圆圆是江苏常州人，老家在武进奔牛。

有些人会说，这些树都长得差不多，怎么能分辨得出谁是谁？但乌柏应该是比较好认的植物，因为它的叶子，初看像心形，其实是很特别的菱形，是比较少见的“菱形叶片”的代表。而且乌桕的叶子会变色，随着秋天气温下降，乌桕的叶子呈现出黄色和红色的鲜亮色彩，这是因为叶片中大量合成了类胡萝卜素、花青素的成分，而且太阳光照得多的叶子颜色更鲜艳。

乌桕具有标识性的特征除了“菱形叶片”，还有白色的种子。多彩的叶片、白色的种子，使乌桕树的色彩更加丰富。到了冬天，乌桕的树叶都掉了，只剩下一树白色的乌桕子，在蓝天下有一种特别的美。其实，乌桕的“白色种子”是一种假象，白色是种子外面的一层蜡质物，将它们稍稍加热，蜡质融化，便露出了真正的种子，原来是黑色的。种子外层白色的部分可以用来提取“桕脂”，用来制作蜡烛、肥皂、护肤品、塑料薄膜等。乌桕的种子也可以用来榨油，不能用来炒菜，但可以制作生物柴油。

乌桕喜光、喜温、耐水湿，更适合在江南水边生长。古人也误视之为“枫”，南方人将所有秋天红叶子的树都称为“枫树”，但枫树生山中，水边则较少。唐朝诗人张继的诗《枫桥夜泊》千古流传：“月落乌啼霜满天，江枫渔火对愁眠。姑苏城外寒山寺，夜半钟声到客船。”诗中“江枫”，有人认为可能是乌桕树之误。清代浙江萧山人王端履在《重论文斋笔录》注云：“江南临水多种乌桕，秋叶饱霜，鲜红可爱，诗人类指为枫。不知枫生山中，性最恶湿，不能种之江畔也。此诗‘江枫’二字，亦未免误认耳。”

宋代诗人杨万里的《秋山》诗云：

乌桕平生老染工，错将铁皂作猩红。
小枫一夜偷天酒，却倩孤松掩醉容。

“老染工”非常贴切，将秋天染得色彩斑斓。乌桕以根皮、树皮、叶入药。

香樟

枝繁叶茂香气浓

今年江南的梅雨有点急，大暴雨一场接着一场。雨后漫步校园，会被空气中弥漫的清香吸引，这清香来自路边的樟树。在《中国植物志》中，它的名字为“樟”，江南习惯叫它“香樟”。校园里有几条香樟小道，夏天被法国梧桐大道抢了风头，几乎没人注意到它们的存在，到了冬天，法国梧桐只剩下光秃秃的枝干，尽现萧瑟，而香樟却依然有着生命的绿色。

樟树是南方地区的常见乔木，《史记》中有记载，古时江南有“前樟后朴”的说法，人们常在屋前栽种樟树。但香樟不耐寒，有“樟不过长江”之说。以前香樟在长江一带越冬还要采取一定的防寒措施，但这些年已枝繁叶茂，非常适应了，这在一个侧面反映了气温总体的升高，但在苏中一带的樟树，现在依然会遭受严重的冻害。香樟怕大雪，亭亭如盖的树冠积满了白雪，树枝不堪重负，会被压断。2008年那场罕见的大雪灾，校园里好多樟树都遭了殃，粗大树枝被压断，有的树干都被撕裂成两半。后来好些师生找来长竹竿打雪，才保住一些樟树没有受到更严重的伤害。

香樟生长较快，树形高大挺拔，枝繁叶茂，四季常绿，是存在感非常强的树木。香樟的常绿当然不是不落叶，而是边落叶边长新叶，新叶老叶交替。樟树在春季长出新叶，同时老叶会慢慢变红、脱落，此时红绿相间也挺美的。

香樟的花并不为人注意：一是因为它的花很小，朴素的黄绿色；二

是香樟树高大，小花在浓密的绿叶间更不容易被人看到。但是，它的特殊的香味是很难被忽略的。香樟有一种特殊的气味，尤其是开花时节。面对众多虫子的侵扰，不需要剑拔弩张，只有淡淡的芳香，以香拒虫，显得淡定而优雅。香樟的叶子揉碎后也会散发出香味，它有一种特殊的物质，自然是樟脑，用来保护衣物免被虫蛀的“樟脑丸”最早就是用它制成的。以前女儿出嫁，家境好一点的人家，嫁妆里必定要有一只樟木箱。现在谁家里还有妈妈给准备的嫁妆？保存好，可以成为文物了。

樟树不怎么让人待见的是它的落果，密密麻麻的黑色果子落在地上，被车碾人踩，留下的痕迹让人觉得脏脏的。但这些果子却是鸟儿们的美食，鸟儿也帮助其播撒种子。有一次，我将我的小白车停在香樟树下，落了好多消化了樟树果的鸟屎，惨不忍睹。

在我的想象里，香樟最多最有名的地方应该是江西，为什么呢？因为以前背诵的《滕王阁序》中，“豫章故郡，洪都新府”，其中“豫章”是樟树在古籍中最早出现的名称，“章”通“樟”，以树作为地名，可见此树在当地的地位。杜甫有诗“豫樟翻风白日动”。《战国策·宋卫策》中，墨子劝楚王放弃攻宋，他说：“荆有长松、文梓、楩、柟、豫樟，宋无长木，此犹锦绣之与短褐也。”意思是说，楚国物产丰富，优良材木都有好几种，而宋国连好木头都没几根。后来，樟树就与松、梓、楠等并列，被作为良材美木的代名词，人们也以樟木借指栋梁之材。所以，以培养栋梁之材为己任的大学，怎能没有香樟呢？

枇杷

亭亭如盖冬著花

“谁在用琵琶弹奏一曲东风破”，好多人喜欢这首歌，但是，有人会说：此“琵琶”非彼“枇杷”呀。想起一个故事，一个书生收到一盒枇杷，却写着“琵琶”，于是写了一首诗嘲笑别人：“琵琶不是这枇杷，只为当年识字差。若使琵琶能结果，满城箫管尽开花。”且不说这个人吃了人家枇杷还要嘲笑别人，不厚道，他说别人“识字差”，其实是他自己学问还差了点。殊不知“枇杷”最早为乐器名。琵琶，本为游牧民族的乐器，胡人于马上弹之，手势外推为“批”，内弹为“把”，故名“批把”，琴身木质，从木而为“枇杷”。同时，人们把一种形状类似这种乐器的水果，也称作“枇杷”。可能是怕混淆，汉朝末年乐器的名词就写作“琵琶”，而水果的名字则为“枇杷”。“枇杷”既能为乐器名，“琵琶”怎么不能为水果名？私以为，“枇杷”“琵琶”，从形声的角度看，“枇杷”从“木”作为乐器名更符合实际，“琵琶”作为水果名看起来会更美味一些。

大部分果树是春季开花，秋季成熟，枇杷则不同，是冬季开花，来年初夏成熟，应该是所有水果中成熟最早者，因此被称为“果木中独备四时之气者”。枇杷的花蕾有棕色的绒毛，岑参有诗曰：“满寺枇杷冬著花，老僧相见具袈裟。”花为白色或淡黄色，五瓣，并不很美，但很香，是很好的蜜源，但开花时蜜蜂很少了。杜甫有“枇杷树树香”句。

枇杷果子成束挂在枝头，由青转黄，很是诱人，古代也称之为“金丸”。枇杷品种较多，按照果肉的颜色和质地，大致分为白沙和红沙。白沙果小，皮薄，汁多，酸甜可口；红沙果大，果皮橙红，果肉橙黄，果汁适中。水果店里卖的一般多为红沙，不仅是因为红沙好看有卖相、卖得好，更因为白沙不耐贮藏和长途运输，要吃最好到产地。对于这两个品种，本人觉得白沙好吃，红沙好看，红沙寡淡，口感不如白沙。第一次吃到白沙枇杷是在读大学时，围着蓝印花布围裙的苏州妇女挑着担子在街上卖的，从此对它念念不忘。苏州东山、西山盛产枇杷，名为“红玉”“白玉”，我偏爱“白玉”。好在常州离苏州不远，每年都能吃到，有时专门去枇杷园大快朵颐，有时是朋友带给我，有时是苏州的同学“顺丰”给我，想想真是幸福，写到这里口水都要掉下来了。有一年枇杷成熟的季节，去了洞庭东山，山坡上枇杷树与茶树套种，难怪洞庭碧螺春有淡淡的果香呢。

枇杷叶亦是中药的一种，有清肺、降气化痰的功用，“川贝枇杷膏”想必大家不会陌生。枇杷叶煮水喝能治咳嗽。前些时候比较火的宫廷剧《延禧攻略》里，高贵妃陷害愉贵人不着痕迹，让她喝枇杷叶汤化痰止咳，谁知魏璎珞告诉愉贵人，枇杷新叶有毒。果真这样吗？曾看过一个医生的科普文章，说是枇杷新叶上面的那一层毛有问题，如果不去掉的话会导致咳嗽加重、喉咙水肿。因为枇杷新叶上的毛不好处理，所以人们一般会选择干枇杷叶来食用。

枇杷四季常绿，树形很美，亭亭如盖，看到枇杷，总让我想起归有光《项脊轩志》中的描写：“庭有枇杷树，吾妻死之年所手植也，今已亭亭如盖矣。”

河海校园里有不少枇杷树，江宁校区叠翠山上有，常州校区桃李峰南有一片，其他散布多处，花房门口一棵较大，每年结的枇杷大多喂了鸟儿，这才是生态校园该有的样子。

芭蕉

粗枝大叶入诗画

芭蕉是充满诗情画意的植物，最能入诗入画。植于庭院的一角或窗前墙边，假山之畔，使亭台轩窗尽染碧色，别有韵味。宋代晁补之有“碧纱窗外有芭蕉”句，李清照也曾写过：“窗前谁种芭蕉树，阴满中庭。阴满中庭，叶叶心心，舒卷有余情。”雨打芭蕉，最具情调，广东音乐中就有一首名曲《雨打芭蕉》。宋代诗人贺铸曾在常州听过雨打芭蕉，并写下《题毗陵僧舍》，诗云：“古寺相留跨两年，穷通出处固天然。短檠灯火掩书卷，屡听芭蕉夜雨眠。”一丛萱草，几竿修竹，数叶芭蕉，俱是文人的清供。

校园里种有不少芭蕉，常州校区为学楼庭院里有，西康路校区运动场东北有一丛，江宁校区东湖静思桥头也有一丛。韩愈的“芭蕉叶大栀子肥”，写出芭蕉的粗犷之美，芭蕉叶大、色绿、心卷，以“粗枝大叶”形象出现，却赢得诗人画家的喜爱。芭蕉夏季绿荫如盖，令人顿生清凉之感，即使到了冬季，也依旧绿意盎然，给人生命的活力。芭蕉叶是很美的，在江南只会作为装饰，展现其碧绿的色彩和流畅的叶脉，但在芭蕉随处可见的热带地区，人们却用它来包粽子、盛食物，还会给食物增加清香呢。古人还在芭蕉叶上写字，唐代僧人书法家怀素种芭蕉万余株，用蕉叶代纸写字，还将自己的住处命名为“绿天庵”。

有人会问：芭蕉扇是芭蕉叶做的吗？电视剧《西游记》中，铁扇公主用的芭蕉扇的形状倒是一枝芭蕉叶。我们小时候夏天用来扇风赶蚊子的芭蕉扇，其实是蒲扇，可不是芭蕉叶做的，是蒲葵的叶子做的。

经常在校园里看到芭蕉，却很少见其开花结果，也许是气温过低的原因吧，毕竟芭蕉是热带植物。芭蕉的花朵颇为显眼，因为大，而且形态特殊。你说你见过芭蕉花，但也许你见到的也只是假的花，那紫红色的大花瓣，其实并不是花，只是包裹花朵的苞片而已，真正的乳白色的花朵都藏在苞片里面呢。芭蕉的雌性花位于花序的下端，后来长成一个个小芭蕉，雄花位于花序的上端，一些地方将看似没有用

的雄花做菜吃，不知味道怎么样。在江南，芭蕉是典型的庭院观赏植物，如此金贵，要想吃到它们的花，不成了破坏绿化了吗？

在我们这里，要是有人看到结出来的芭蕉果实，一定会很激动地说：这不是香蕉吗？好多人都喜欢香蕉的美味，芭蕉其实是香蕉的亲兄弟，都是芭蕉科芭蕉属的植物，它们是小果野蕉和野蕉的杂交后代。野蕉里有硬硬的种子，吃起来肯定不痛快，它们的后代居然没有，才有了我们吃到的美味的香蕉和芭蕉，这真是件令人兴奋的事情。虽然长得很像，但芭蕉和香蕉还是有点区别的，芭蕉的个头短而饱满，味道比香蕉略酸一点。我倒更喜欢芭蕉的味道，没有香蕉那么甜腻。

描写芭蕉的诗词还真不少，在古诗词中，芭蕉多表达相思幽怨、离愁别绪、孤独寂寞等情感。这些诗词，以芭蕉叶心卷而不展之形寄托愁怨之情，如“芭蕉不展丁香结，同向春风各自愁”，这是李商隐

《代赠》中的名句，后为宋代贺铸《石州慢》化用：“回首经年，杳杳音尘都绝。欲知方寸，共有几许新愁，芭蕉不展丁香结。”还有如“戏问芭蕉叶，何愁心不开”（唐代张说《戏题草树》）。从听觉上，诗人常常把忧愁苦闷的情绪借着雨打芭蕉、风吹芭蕉倾泻出来，写下许多流传千古的诗篇。如吴文英《唐多令》：“何处合成愁？离人心上秋。纵芭蕉、不雨也飕飕。”还有如清代才子纳兰性德的词《临江仙》：“点滴芭蕉心欲碎，声声催忆当初。”读来使人断肠。我也很喜欢南宋词人蒋捷的《一剪梅·舟过吴江》，樱桃、芭蕉岁月留痕，人又何尝不是如此。词云：

一片春愁待酒浇。江上舟摇，楼上帘招。秋娘渡与泰娘桥，风又飘飘，雨又萧萧。　　何日归家洗客袍？银字笙调，心字香烧。流光容易把人抛，红了樱桃，绿了芭蕉。

棕榈

热带风情移江南

在江南的校园里，最有热带风情的植物，莫过于棕榈了，河海几个校区都有棕榈。毕竟棕榈科家族的其他成员中，棕竹比较矮小，气势不如棕榈，其他如椰子树、槟榔、散尾葵、蒲葵等在江南室外都熬不过冬天。棕榈在我国黄河以南地区都有栽种，热带地区以外基本是

作为庭院观赏植物栽种的。诗圣杜甫有诗《枯棕》：“蜀门多棕榈，高者十八九。其皮割剥甚，虽众亦易朽。”可见四川棕榈树也很多，而且大多很高大。

棕榈高大挺拔，四季常青。虽然大家也常说“棕榈树”，但棕榈是“树”吗？总觉得还是有点不一样。它直上而无枝，一根茎直直向上，没有分枝，而且棕榈相当于树干的茎，不会像树一样越长越粗，只会越长越高。这其实是所有单子叶植物共有的特性，不会次生生长，只会往高里长。不过棕榈的树干强度还不错，南方人建房子也把它当柱子用，不比木材差呢。

它无枝而有叶，有着大大的巴掌一般的叶子，看到它的叶子，有人会不会想到蒲扇呢，虽然有点像，但是蒲扇是蒲葵的叶子做的，棕榈的叶子深裂，像手指一样是分开的，蒲葵的叶子浅裂，中间是合并不分开的。

棕榈也叫“棕”，它的树干上包裹着一层厚厚的纤维，这就是棕。

这个棕用处可大呢，并非如老杜诗中所说的“易朽”，而是耐用、防水。它可以编成牢固的绳索，以前用棕绳穿梭做成的“棕绷床”是很高级的，我老家有一张用了几十年了，用久后弹力差了修一下还可以用。现在“席梦思”普遍，但也有用棕做成的棕垫，比“席梦思”硬，年纪大了腰不好的人用了比较舒服，我家里用的就是棕垫。以前还用棕做扫帚、蓑衣等，现在基本不用了，蓑衣以前是常用的雨具，“孤舟蓑笠翁”，现在在武侠片中还会出现。

吃货们知不知道，幼嫩的棕榈花可以吃，还没发育成熟的小花如鱼子般挤在苞片里，被称为“棕鱼”“棕苞”“棕笋”，现在云南等地还有春节前后吃“棕苞”的，美食家苏东坡还专门写过棕笋的做法

和味道。我们这儿棕榈也算稀罕之物，一般不会去吃它。

棕榈原产于中国、日本，但现在欧美地区都有栽种，这又是“植物猎人”英国园艺家罗伯特·福琼所为，他从舟山群岛引种当地的棕榈树，从而开启棕榈在欧洲的栽培史。有福琼这样一些致力于满全世界采集植物的人，英国皇家植物园邱园才能拥有全世界八分之一的植物，共 5 万多种。费尔南多·冈萨雷斯·莫利纳有部电影叫《雪中的棕榈树》，这是一部史诗般的电影巨制。虽然是爱情主题，但影片反映了西班牙对赤道几内亚的殖民历史。片中的棕榈树是赤道几内亚的象征，而雪则代表西班牙，雪和棕榈树不在一个时空，就像片中男女主人公长久的分离。但在中国江南，人们真的能见到雪中的棕榈树。

苏铁

千年铁树开了花

苏铁俗称铁树，是“千年铁树开了花”的主角。别看现在校园里常见，它可是从远古走来的植物，它的化石证明它来自三叠纪至白垩纪，是恐龙时代的植物，距今2亿多年。是不是对它有一点肃然起敬呢？苏铁是银杏现存最近的亲戚，相比银杏今天只剩一种，成为世界上最孤独的植物，苏铁类植物情况稍好，但也受到各种各样的生存威胁，我们有责任保护好它们。

苏铁生长缓慢，一年新生一轮新叶，新叶幼嫩可爱，小叶柔软卷曲，好像蕨类，但过不了几天，叶片便伸展并渐渐坚硬起来，像针一样竖起，锋芒毕露，让人难以接近。一般植物尖锐的叶或刺都有防御功能，远古时代的苏铁会防御什么呢？难道是恐龙？

江浙地区有俗谚，见事难成，就说须“铁树开花”。铁树千年开花，主要是指长江流域及北方地区栽培的苏铁，终生不开花，或偶尔开花结果；在原产地的中国南方特别是长江流域以南，苏铁几乎年年都会开花。在江南，时常能看到铁树开花，但不是每年都开，而且一般15～20年树龄的老树才开花。又一届学生快毕业的6月份，校园里的苏铁开花了，是雄性苏铁的小孢子叶球（雄球花），淡黄色，形状如玉米棒子，舒展的绿叶衬托着，宛如一只开屏的孔

雀，很漂亮。苏铁雌雄异株，花形各异，大孢子叶球（雌球花）有时会在10—11月份开，像黄褐色的巨大毛球。其实苏铁是裸子植物，只有根、茎、叶和种子，没有真正的“花”。这难道也是说它“千年开花”的原因？

雌株苏铁会长出鲜艳的红色小果子。不要看到红果子就想着吃，虽然《辞海》“苏铁”词条的最后一句写着“种子可食”，但所谓“尽信书不如无书”，苏铁种子有毒，吃了会引起呕吐和晕眩，吃多了可能小命难保。苏铁含有一种叫苏铁苷的毒素，也是有防御作用的。可见苏铁是有很强防御意识的植物，不然它怎么能从几亿年前活到今天？

苏铁因其外形又名凤尾蕉、凤尾松，多种植在南方，喜暖热湿润的环境，不耐寒冷，江南地区露地栽植时，冬季需用稻草等包扎进行保暖，不然会冻死。

为何名为“铁树”，一说是因其木质密度大，入水即沉，沉重如

铁而得名，另一说因其生长需要大量铁元素，故而得名，还有一说是因其通体铁色微朱，因其难长，故名铁树。

那么，铁树何以姓“苏”了呢？这还要从一个人物和一个故事说起，这个人便是与常州关系密切的苏东坡。苏东坡为人正直，为官清廉，却一再被贬，黄州、惠州、儋州，一路向南。他有一首诗《自题金山画像》中写道：“心似已灰之木，身如不系之舟。问汝平生功业，黄州惠州儋州。”他最后一次被贬到海南儋州后，他的仇敌高兴地说：“想从海南岛回来，除非铁树开花。”苏东坡到了海南，很快就与当地百姓打成一片。有一天，一位老人送了一盆植物给他。苏东坡问，这是什么树？老汉就给他讲了一个故事，说很久很久以前，南方一大户人家捉住了一只美丽优雅的金凤凰，并想方设法要让金凤凰展开羽翼，展露其美丽姿容，但是金凤凰始终不肯就范。

那人家极为恼火，竟一把火将金凤凰活活烧死了。令人惊奇的是，在大火过后的灰烬中，却长出了一棵小树，这就是铁树。从此以后，苏东坡悉心照顾那棵铁树，终于有一天，铁树竟然奇迹般地开花了，不久，他便真的接到了回京的旨令。苏东坡将铁树带回了中原，从此，铁树便被叫作“苏铁”。

这个故事当然是后人附会的。首先，在海南岛铁树开花并不稀奇；其次，苏东坡能从海南北归也与铁树开花无关，是宋哲宗去世，宋徽宗继位后大赦天下，他才得以回来的。如果苏铁真是苏东坡带来的话，那么常州应该与苏铁有缘了，因为苏东坡从海南回来后就留在了常州，并终老于常州。苏轼为何愿意选择常州作为他的终老地呢？他说：

独徘徊而不去兮，眷此邦之多君子。

八角金盘

给点阳光就灿烂

在满眼绿色、繁花似锦的春天，你根本不会注意到八角金盘，因为它太普通太常见了。但到了冬天，百花凋零，万物萧条，八角金盘的可贵就显现出来了，萧瑟寒冬它依然绿意盎然，并且不畏寒霜，开出一簇簇白花。在友谊山的山坡上，在江宁校区的树林下，在常州校区桃李峰边、为学楼里，到处都有它的身影。

八角金盘四季常青，叶片呈掌状分裂，大而光亮，像大大的手掌，所以又称“手树”，是优良的观叶植物。它虽名为“八角金盘”，却随性生长，不守“八角”的套路，基本都不是八个角的，叶片以七个或九个角居多，真正八裂的叶片反而并不多见，或者说平均八个角吧，不信你下次可以数数。

八角金盘可以说是不折不扣的大路货，对生长环境要求不高，极耐阴湿环境，在路边树下、天桥下等阴湿处，其他植物长不好，八角金盘却生机蓬勃，给一点点阳光就灿烂。鉴于它耐阴的生长特性，又好养活，喜欢养花又经常把花养死的朋友，种一盆八角金盘在客厅里，一定是个不错的选择。它抗污染能力强，还能净化空气。

八角金盘不与群芳争艳，它选择在深秋至初冬时节开花。每年11—12月，在它的枝条顶端，会抽出圆锥状花序，每个花序又分出

一个个球形的伞形花序，开出数十朵小小的白花。如果这样的花开在春天，也许没人会看它一眼，但此时正值萧瑟的季节，它小清新的花还是能吸引人的眼球的。凑近了闻下花的气味，竟然隐隐有点石楠花的味道。这样的气息，正是吸引冬天里不多的昆虫来为它传粉的小伎俩，不信你瞧，有不少苍蝇围着它的花团团转呢。

八角金盘在我国随处可见，却不是原产于我国，而是从日本引进的，日本人认为这个大手掌的叶子可以辟邪，所以在许多日本影视剧中常见这个植物就不足为奇啦。

八角金盘也有药用价值哦。

海芋

滴水观音天南星

春天的来临
悄悄地释出暧昧的气息
在百花齐放的季节里
你清新脱俗的有股诗意
你在天南星
高雅亮洁的好美丽
初夏的来临
也溢出了俏皮的气息
在暑气充斥的季节里
你晶莹剔透的带着凉意
你在天南星
气质非凡的好有活力
轻轻柔柔的想念
……
在海芋的季节

这是一首叫《海芋恋》的歌。不要以为校园里没有海芋，你一定见过老师的办公室里种着一种有着肥大光亮叶子的植物，如果你对海芋这个名称不是很熟悉的话，那么换一个名字，我们叫它“滴水观音”。

海芋属于天南星科海芋属，在江南大多作为盆栽观叶植物出现，在野外很少能见到。但有一天我在上班路上，却在为学楼南面路边见到一株小小的海芋，不知道是怎样长出来的，我也曾想将它移栽到花盆里，但想想还是不要去打扰它，任由它自由生长。我每天走过都会看它一眼，看着它一点点长大，也长到一尺多高了，不料有一天突然没有了，想来应该是被当作杂草清理掉了，早知道我就移栽到办公室了，好在应该根还在土里，期待它能再长出来。

这里的海芋都不是很高大，也很少见到它开花结果。前几年我在南方看到的海芋长得十分高大，有的有一人多高。在湿度大的环境下，它阔大的叶片会往下滴水。花是白色的，外有一大大的绿色佛焰苞，展开成舟形，如同观音坐像。这应该是“滴水观音”名字的由来吧。它结的果红红的，样子有点奇特。

海芋株型美，叶形叶色也美，还有吸附粉尘、净化空气等功效，深受人们的喜爱。但海芋有毒，叶子上滴下的水珠也请不要去碰，皮肤接触汁液会产生瘙痒，引起过敏。

大吴风草

无风自摇活血莲

校园坡地林下长着这样一片植物，大大的叶子，绿油油一片，平时不会引起多少人注意，有人可能还以为是蔬菜呢，一定要等到深秋初冬时节，大多数花草都已花谢叶残，大吴风草擎出绿叶之上的花枝，明黄色的一片，才足以吸引眼球，想忽略都难。常州校区师泽亭西坡地的大吴风草，年年冬天都怒放。

大吴风草的叶子像荷叶那样大大的，从根上直接长出，远看叶子像是铺在地上的，其实细看它更像从地面上撑起的一把翠绿色小伞。因它的叶子和莲叶有点相似，所以就有了“活血莲”“一叶莲”“独角莲”等别名。它的叶子呈马蹄形，所以又称它为“大马蹄香”。

如果光看这些大大的叶子，你是不会将它和菊科联系在一起的，等看到它的花，你就知道它是菊科的。秋天，一片绿叶中间会高高长出一根根粗壮的花葶，然后绽放出一朵朵黄色的花儿，花的颜色和形状都像菊花，黄色，一如菊花的经典色，花形也是典型的菊花形，外围一圈是没有繁育能力的舌状花序，中心是密密麻麻负责繁殖的管状盘花。它的花期还很长，足以温暖江南的秋冬季。

但凡名字叫什么“草”的，都不是什么娇贵的品种，大吴风草也不例外。它适应能力很强，生命力旺盛，对环境的要求不高，喜欢半

阴的环境，背阴处或者树下林间会长得很好，也比较耐寒，即使在冬天里叶子也是绿绿的。大吴风草覆盖力强，如果大面积成片种植，叶片深绿，花朵艳丽，大色块、大手笔，会形成震撼的视觉冲击力。大吴风草除了具有观赏价值外，还可以入药，可以治疗咳嗽、湿疹、支气管炎等。

大吴风草，这个名字我挺喜欢的，让我想起吴风汉韵、吴歌越吟、吴宫花草。是和吴地有关吗？《本草纲目》中提到其又名曰“薇衔”“鹿衔”，李时珍引郦道元《水经注》云：魏兴锡山多生薇衔草，有风不偃，无风独摇。则“吴风”亦当作“无风”，乃通，按这个说法应当叫“无风草”，不过这样说来也还真和吴地有关，这里说的“锡山”，即今日的无锡，确实属于吴地。

大吴风草原产于中国和日本，据《中国植物志》介绍，该品种早在 1856 年就由 Fortune 从我国清朝政府的花园中引至英国栽培。这个 Fortune 就是罗伯特·福琼，受英国皇家园艺协会差遣，四处网罗植物，他曾四次来华，潜入清政府不允许外国人做生意的福建等中国茶叶核心产区，走私出境了无数优质茶种，有一本叫《植物猎人》的书中写到过他，这个锲而不舍的“洋人”，来到“花的国度”非常兴奋，从中国带走很多种植物及植物种子，包括故宫御花园中栽种的植物，没想到他对大吴风草也感兴趣。

葎草

血案累累称『刺客』

能被人写到书里的植物，大多是人们的“宠儿”，至少不被人讨厌，但也有植物是不招人待见的，农人欲除之而后快，小孩子也曾被其伤害，并且它还是校园里的常客，管理稍稍不到位的花坛或绿化带中，就会自己长出来，以最快速度爬在一切能够爬的东西上，人们还不敢轻易去碰它，它就是葎草。

葎草，蔓生，亦名葛葎蔓，农人直接叫它割人藤、拉拉秧子等，因为它的叶和茎上都有倒刺，人们很容易被它割伤，尤其是夏天穿得少时，这是植物里的“刺客”，可谓血案累累。有葎草出现的地方通常都是蔓延一大片，很少有零散分布的，这与其超快的生长速度，和强大的无性繁殖能力有关，人们想铲除它们，难度也不小，所以它是令人头疼的杂草。欧美曾作为观赏植物引进（不知怎么想的），如今已将其列为入侵物种。在中国，它可是有历史的。“葎草”这个名字，最早出现于唐代，它土生土长，并非入侵物种。我异想天开一下，如果派它去绞杀加拿大一枝黄花、喜旱莲子草等入侵物种，会是怎样呢？当然，葎草可不长眼，它在消灭入侵植物的同时，也不会放过其他成员的。

葎草的叶子像小小的手掌，所以也有称其为“五爪藤”的，但它

并非都是“五爪”，也有“六爪”“七爪”的。葎草开的花小小的，很朴实，但却是一种过敏源。葎草是雌雄异株植物，单株的雄花数量远超雌花，且雄花花期比雌花花期长一个月左右，会散播大量的花粉于空气中，这些花粉是导致人们过敏的一个主要原因。

虽然是令人生厌的真正的杂草，但葎草也不是一无是处，它也是有疗效的中草药。古代还用它的根来做红色的染料，《诗经》中的“茹藘”是也。葎草的茎皮纤维可用于造纸，种子含油量较高，可用于制肥皂。葎草最受人喜爱的一项用途，是它的果序可以替代啤酒花，为啤酒调味。葎草和啤酒花同为葎草属，葎草属植物果序上的苞片，可以为啤酒增添特殊的香味和苦味。最开始在啤酒酿造过程中添加啤酒花主要是为了防腐，不过随着时间的推移，人们爱上葎草属植物为啤酒带来的独特口感，啤酒花原本的作用倒被人遗忘了。喜爱喝啤酒的朋友，可别忘了葎草带给你的美味，下次见到它可要多看它一眼哦。

文竹

文人案头书卷气

谁的办公桌上或书房里还没有养过一两盆文竹呢？记得有一年教师节，有学生给我们老师送了些小小的文竹盆栽，特别有爱。

文竹是天门冬科天门冬属攀缘植物，它的样子一如它的名字，特别的文雅、内敛，枝叶纤细繁茂，如羽毛般舒展开来，如云如雾，所以它也叫“云竹”“云片松”，它体态轻盈秀气，姿态潇洒不俗，特

别能给文人的案头平添一抹难得的书卷气。这么风雅的植物，其实并非原产于中国，它们来自遥远的南部非洲。

文竹的嫩枝刚从土里冒出来的时候，很像微缩版的芦笋，有人会觉得这两样东西很难联系到一起，但它们还真是近亲，如果任由芦笋长大，看起来就像是大型的文竹。文竹会开小小的白花，想象一下：翠绿纤细的枝叶间，点缀星星点点的白色小花，一定是别有意境的。我也只能想象，因为我从未养到过开花，也未见过文竹开花。我养过好几次文竹，都养不过两年，要么扑簌簌掉叶，要么枯黄，能活着就不错，还能指望它开花？我当然也查过文竹的种植技巧之类的，一般会说文竹性喜温暖湿润和半阴通风的环境，冬季不耐严寒，夏季忌阳光直射，不耐干旱，不能浇太多水。可见，它干不得浇不得，阴不得晒不得，对于养花小白来说，真是太难了。

文竹名“竹”却不是“竹”，和我们熟知的禾本科的竹子没有什么关系，但文竹的枝条带节，植株常年翠绿，姿态文雅别致，如同微缩的竹子一般。苏东坡说“宁可食无肉，不可居无竹”，如果家里种不下竹子，不妨养一盆文竹吧！

长寿花

好养多肉花爆盆

听这花名，就没有人不喜欢的，不少人家中或办公室里都种着它。人们喜欢这花，当然不仅是因为名字吉利，主要还是人家好看，叶片肥厚翠绿，也属于“多肉植物”，在枝条顶部开出星星状的小花朵，无数小花朵密密挤在枝头，花色品种繁多，浓艳丰富，我办公室就有大红色、玫红色、粉红色、黄色这几种，据说还有白色和淡紫色，有单瓣也有重瓣，而且花期特别长，长寿花临近年底开花，所以又称圣诞伽蓝菜。一簇簇小花开不完，养得好甚至可以开上半年。我喜欢它还有一个很关键的原因：好养活。随便掐一枝一插就能成活，放在光线充足的窗台上，不怎么要管它，水也少浇，一到花季就开花不断。经常将花养死的朋友可以入手一盆试试，一定能给你惊喜。

养长寿花有一个诀窍，就是要舍得剪，我一开始不舍得剪，结果光长叶子不开花，有人指导说，要摘心，我很心痛地剪下枝头，果然后来就开花了。开完之后的残花也一定要及时剪掉，这样可以留下更多养分，下次才能开得更好，也能延长花期。

长寿花是景天科伽蓝菜属植物。资料说长寿花原产于非洲，但“景天”这个名字，别看它听起来洋气，却绝非舶来品，我国很早就有这个名字了。两千多年前汉代王充所著《论衡·吉验》即有记载“有禾生景天中”。后人在“景天”旁标注了这种植物当时更为人知的名字——“备火”，是与长寿花相像的一种多肉植物，后来人们也称为“八宝”。“景天”古时其实是萤火虫的别名，大概此花开起来星星点点的，像萤火虫吧。宋代药物学家苏颂所著《本草图经》“草部”中说：“景天生泰山山谷，今南北皆有之。人家多种于中庭，或以盆盎植于屋上，云以辟火，谓之慎火草。”植于屋上，让我想到瓦松，也是一种多肉，据说也能“避火”。古人根据五行生克的理论，认为凡是多汁多浆的植物，在房屋中种植可以免遭火灾。

现在很多人喜欢多肉，尤其是女性，谁还没种过几盆多肉？但照顾多肉很需要费些手脚，不如来盆长寿花吧，也是多肉哦！